일제강점기 일본어 시가 자료 번역집 **5**

식민지
일본어문학
문화 시리즈

29

國民詩歌

一九四二年 八月號

김효순·유재진 역

역락

▮ 머리말

문학잡지 『국민시가(國民詩歌)』 번역 시리즈는 1941년 9월부터 1942년 11월에 이르기까지 일제강점기 말기 한반도에서 간행된 '일본어 시가(詩歌)' 전문 잡지 『국민시가』(국민시가발행소, 경성)의 현존본 여섯 호를 완역(完譯)하고, 그 원문도 영인하여 번역문과 함께 엮은 것이다.

일제강점기를 통틀어 우리에게 가장 많이 알려지고 연구된 문학 전문 잡지는 최재서가 주간으로 간행한 『국민문학(國民文學)』(1941년 11월 창간)이라 할 수 있다. 중일전쟁 이후 일본이 수행하는 전쟁이 격화되고 그 지역도 확장되면서 전쟁수행 물자의 부족, 즉 용지의 부족이라는 실질적 문제에 봉착하여 1940년 하반기부터 조선총독부 당국에서는 잡지의 통폐합에 관한 협의가 이루어지고, 이듬해 1941년 6월 발간 중이던 문예 잡지들은 일제히 폐간되었다. 물론 이러한 정책은 일제의 언론 통제와 더불어 문예방면에 있어서 당시 정책 이데올로기를 보다 효과적으로 장악하기 위한 방책이기도 하였는데, 문학에서는 '국민문학' 담론이라는 형태로 나타났다고 볼 수 있다. 『국민시가』는 시(詩)와 가(歌), 즉 한국 연구자들에게 다소 낯선 단카(短歌)가 장르적으로 통합을 이루면서도, 『국민문학』보다 두 달이나 앞선 1941년 9월 창간된 시가 전문 잡지이다.

사실, 2000년대는 한국과 일본에서 '이중언어 문학' 연구나 '식민지 일본어 문학' 연구가 상당히 광범위하게 이루어진 시기였다. 그럼에도 불구하고 『국민시가』는 오랫동안 그 존재가 알려지거나 연구의 대상이 되지 못하였다. 한반도의 일본어 문학사에서 이처럼 중요한 문학사적 의의를 갖는 자료임에도 불구하고 『국민시가』에 관한 접근과 연구가 늦어진 가장 큰 이유는, 재조일본인들이 중심이 된 한반도의 일본어 시 문단과 단카 문단에 대한 인식 부족 때문이라 할 것이다. 재조일본인 시인과 가인(歌人)들은 1900년대 초부터 나름의 문단 의식을 가지고 창작활동을 수행하였고 1920년대부터는 본격적으로 전문 잡지를 간행하여 약 20년 이상 문학적 성과를 축적해 왔으며, 특히 단카 분야에서는 전국적인 문학결사까지 갖추고 일본의 '중앙' 문단과도 네트워크를 가지고 있었다. 그 과정에서 그들은 조선의 전통문예나 문화에 대해 깊은 관심을 보이고 조선인 문학자 및 문인들과도 문학적 교류를 하였다.

『국민시가』는 2013년 3월 본 번역시리즈의 번역자이기도 한 정병호와 엄인경이 간행한 자료집 『한반도·중국 만주 지역 간행 일본 전통시가 자료집』(전45권, 도서출판 이회)을 통해서 처음으로 그 존재가 알려졌다. 『국민시가』는 1940년대 전반기 한반도에서 간행된 유일한 시가 문학 전문 잡지이며, 이곳에는 재조일본인 단카 작가, 시인들뿐만 아니라, 지금까지 널리 알려지지 않은 이광수, 김용제, 조우식, 윤두헌, 주영섭 등 조선인 시인들의 일본어 시 작품과 평론도 다수 수록되어 있다.

앞서 말했듯이, 2000년대는 한국이나 일본의 학계 모두 '식민지 일본어 문학'에 관한 다양한 학문적 접근이 광범위하게 이루어져, 이들 문학에 관한 연구가 일본문학이나 한국문학 연구분야에서 새로운 시민권을 획득했을 뿐만 아니라 새로운 자료의 발굴도 폭넓게 이루어졌다. 이런 의미에서도 한국에서 『국민시가』 현존본 모두가 처음으로 완역되어 원문과 더불어 간행되게 되었다는 사실은 매우 고무적인 일이라고 생각한다. 1943년 '조선문인보국회'가 건설되기 이전 1940년대 초 식민지 조선에서 '국민문학'에 관한 논의가 어떻게 이루어지고 있었는지, 나아가 재조일본인 작가와 조선인 작가는 어떤 식으로 공통의 문학장(場)을 형성하고 있었는지, 나아가 1900년대 초기부터 존재하던 재조일본인 문단은 중일전쟁 이후 어떻게 변모하였는지를 이해하는 좋은 자료가 될 것이라 확신한다.

2015년 올해는 한일국교정상화 50주년과 더불어 광복 70주년을 맞이하는 해이다. 이렇게 인간의 나이로 치면 고희(古稀)의 시간이 흘렀음에도 불구하고 한국과 일본의 관계를 비롯하여 동아시아의 외교적 관계는 과거 역사인식과 기억의 문제로 여전히 긴장관계가 유지되고 있으며, 이러한 문제가 언론에서 연일 대서특필될 때마다 국민감정도 악화일로를 걷고 있다. 이런 때일수록 이 당시 일본어와 한국어로 기록된 객관적 자료들을 계속 발굴하여 이에 대한 치밀하고 분석적인 연구를 통해 역사에 대한 정확한 규명과 그 실체를 탐구하는 작업은 그 무엇보다 중요한 일이라 할 것이다.

이러한 의의에 공감한 일곱 명의 일본문학 전문 연구자들이 『국민시가』 현존본 여섯 호를 1년에 걸쳐 완역하기에 이르렀다. 창간호인 1941년 9월호부터 10월호, 12월호는 고려대학교 일어일문학과 정병호 교수와 동대학 일본연구센터 엄인경이 공역하였으며, 1942년 3월 특집호로 기획된 『국민시가집』은 고전문학을 전공한 이유지 박사가 번역하였디. 1942년 8월호는 고려대학교 일본연구센터 김효순 교수와 동대학 일어일문학과 유재진 교수가 공역하였고, 1942년 11월호는 고려대학교 일어일문학과 가나즈 히데미 교수와 동대학 중일어문학과에서 일제강점기 일본 전통시가를 전공하고 있는 김보현 박사과정생이 공역하였다.

역자들은 모두 일본문학, 일본역사 전공자로서 가능하면 원문에 충실하게 번역하고자 하였으며, 문학잡지 완역이라는 취지에 맞게 광고문이나 판권에 관한 문장까지도 모두 번역하였다. 특히 고문투의 단카 작품을 어떻게 번역할 것인지 고심하였는데, 단카 한 수 한 수가 어떤 의미인지 파악하고 이를 단카가 표방하는 5·7·5·7·7이라는 정형 음수율이 가지는 정형시의 특징을 가능한 한 살려 같은 음절수로 번역하였다. 일본어 고문투는 단카뿐 아니라 시 작품과 평론에서도 적지 않게 등장하였는데, 이는 일제강점기 일본어 문헌을 함께 연구한 경험을 공유하며 해결하였다. 또한 번역문이 한국문학 연구자들에게도 최대한 도움이 되도록 충실한 각주로 정보를 제공하고, 권마다 담당 번역자에 의한 해당 호의 해제를 부기하여 이해를 돕고자 노력하였다.

이번 완역 작업이 일제 말기 한반도에서 간행된 마지막 시가 전문 잡지인 『국민시가』와 한반도의 일본어 시가 문학 연구, 나아가서는 일제강점기 '일본어 문학'의 전모를 규명하는 데에 기여할 수 있기를 기대하며, 번역 상의 오류나 미진한 부분이 있다면 연구자들의 아낌없는 질정을 바라는 바이다.

끝으로 『국민시가』 번역의 가치를 인정하여 완역 시리즈 간행에 적극 찬동하여 주신 역락출판사 이대현 사장님, 원문 보정과 번역 원고 편집에 세심한 노력을 기울여 보기 좋은 책으로 만들어 주신 편집진께도 감사의 마음을 전하는 바이다.

2015년 4월
역자들을 대표하여
엄인경 씀

보혈강장

비오토닉

통증에

네오세드논

포장
250그램 이원오십전
500그램 이원오십전
이원오십전

정가
육정　이십사전
십팔정　오십전
사십오정　일원
백정　이원

우에무라 제약 주식회사
경성부 신당정 224
도쿄·펑톈·다롄·톈진·칭다오·상하이

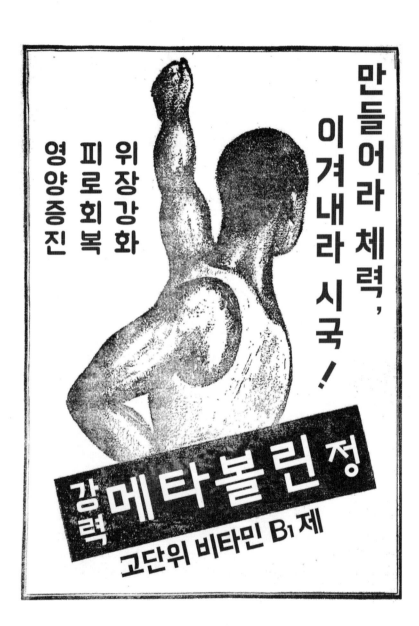

▌ 차례

단카 작품 1 • 30

히다카 가즈오(日高一雄)　　기시 미쓰타카(岸光孝)　　야마시타 사토시(山下智)

구라하치 시게루(倉八茂)　　도도로키 다이치(轟太市)　　사카모토 시게하루(坂元重晴)

오가와 다로(小川太郎)　　　이토 다즈(伊藤田鶴)　　　고바야시 요시타카(小林義高)

이와부치 도요코(岩淵豊子)　다카하시 하쓰에(高橋初惠)　후지카와 요시코(藤川美子)

시모와키 미쓰오(下脇光夫)　스에다 아키라(末田晃)

시 작품 1 • 44

6월호 단카 작품 1, 2 비평

문학의 탄생

스에다 아키라(末田晃)

우리는 알고 있다.

오늘날에도 현대 문학은 스스로를 확립시키는 신념을 갖기 위해 고민하는 자의 말임을 알고 있다. 문학자의 지성은 그 복잡한 반성과 해석으로 인해 단순하고 일반적인 신념(혹은 오히려 격정)과 쉽게 섞일 수 없다는 것을 당연시 하는 자의 말임을 알고 있다.

우리는 이러한 자의 말에 절대 귀를 기울이지 않는다. 왜냐하면 이러한 예술지상주의자의 존재가 오늘날 얼마나 하찮은 것인지를 알고 있기 때문이다.

그렇다면 대동아전쟁 발발 시기에, 이 웅대한 세기의 전환기에, 문학에서는 어떠한 변화가 일어났는가? 과거에도 그러했듯이 새로운 문학이 나타났는가? 예를 들어 마사오카 시키(正岡子規)[1] 같은 사람이 새로운 정열의 체계적 문학에 대한 신념을 외치고 있는가?

일본정신으로 돌아가라! 일본 신화의 현대적 의의를 여러 각도에서 강조하고 있는 것은 단순히 종래의 시대성을 승인한 세계관과 대립적으로 논하기 위해서는 아닌가 하는 의심을 품지 않을 수 없다.

하지만 과연 현대는 이러한 과거의 시대성과 대립적으로만 논의되면

---

1) 마사오카 시키(正岡子規, 1867~1902)는 일본 시인. 하이쿠(俳句), 단카(短歌), 신체시, 소설, 평론, 수필을 위시해 많은 저작을 남겼으며, 일본의 근대 문학 형성에 지대한 영향을 주었다. 특히, 하이쿠 혁신을 일으켜 사실을 있는 그대로 옮겨다 적는 사생문(寫生文)을 주창하였다.

다인가? 특히 문학운동이 시대에 편승하여 논의되어야 하는가?

적어도 이 현실적인 일대 변환은 지혜와 사고를 훨씬 넘은 것이라는 사실을 고려해야 한다. 우리의 생활에서 직접 찾아야 할 생명과 같은 것이어야 한다. 실로 국가의 운명이 위기 상황에 처해 있음에도 불구하고 자기 생활과는 아무런 상관이 없다고 방관하고 있는 현상을 일부에서 볼 수 있는데, 이러한 상황에서는 새로운 세대의 감정이 일어나지 않을 것은 너무나도 명백하다. 기계적인 일상생활에서 새로운 문학이 태어나지 않는 것은 오히려 너무나도 당연한 일이다.

우리는 업무나 생활에서 예민해지는 것만을 요구하는 것이 아니다. 앞으로 대두할 새로운 세대의 투쟁적인 열정이 용솟음치기를 원하는 것이다. 지금까지의 '인생과 현실'에 대해 새로운 입장을 발견해야만 한다.

하지만 지금은 과거의 문학적 입장 - 즉, 문학자의 신념은 일반 사회나 정치 동향과 상관없는 순전히 개인적인 것이라는 입장 - 을 결코 허용할 수 없는 현실에 직면해 있다.

일본정신을 발현한다는 방향성은 이미 확립되어 있어서 문학 작품 전반에 내재되어 있다. 이 사실은 표면적으로 보면, 실로 일본민족의 피 속에 흐르고 있는 이상(理想)이 발현되고 있는 것처럼 보인다. 또한 실제로 이 민족적 감동을 관통하는 태도가 진실임은 틀림없다. 하지만 마음을 가다듬고 더 깊이 현세의 문학작품을 감상할 때 우리는 도대체 무엇을 느끼고 얼마나 감동을 받고 있는가?

새로운 젊은 세대가 성장하고 있는 힘을 느끼고 있는가? 과거의 현실이나 일상 시민의 이상과 대비되는 면만 보고 올바른 민족 혈통의 기세를 그린다고 해 봤자, 그것이 표면적인 열정이라면 신시대의 현실이란 실로 덧없는 것이 아닐 수 없다. 그리고 이들 작품이 설명에만 치우쳐서 젊은 세대의 핵심과 원동력을 놓치고 있다면 도대체 어디에 지도적 입장이 있을 수 있겠는가?

무엇보다도 우리는 문학의 창조적 정신을 희구한다. 물론 현재 대동아 전쟁의 이념은 우리의 생활 속으로 직접 침투하여 융합되어 있지만, 일본의 젊은 세대들이 일어나 앞으로 나아가야 하는가와 같은, 창조적 정신을 표현해야 한다. 그러기 위해서는 문학의 형식에 상관없이 예를 들어 작은 시형의 작품에서도 전력을 응축시킨 창조적 정신을 발현할 필요가 있다.

문학자의 시적 입장에서 시대가 난관을 맞이하였다고 해서 제멋대로 환상에 빠져있을 때가 아니다.

우리는 지금 프랑스혁명처럼 한 사람 한 사람 개인의 권리를 위해서 싸우고 있는 것이 아니다.

새로운 문학이 탄생해야만 한다. 예를 들어 지금 한참 모토오리 노리나가(本居宣長)[2]의 국학을 논하고 있는데, 우리가 노리나가를 연구하고 배우는 데에는 전혀 이의가 없다. 하지만 모토오리 노리나가 같은 인물의 출현을 이제 우리는 기대해도 되지 않을까? 노리나가처럼, 새로운 국학이 나타나야 한다고 믿는 자 말이다. 그러기 위해서는 단순히 지혜만 있어서는 안 된다.

"예술은 인간의 영혼 그 자체이다. 예술가는 정신에 봉사하는 자이다. 그렇기 때문에 소재에 얽매이는 것은 용납할 수 없다. 예술은 보이지 않는 것을 재현하는 것이 아니라 세계를 재현하는 것이다. 예술은 묘사하는 것이 아니라 정신을 인도하려는 것이다. 분석적이지 않고 종합적이며 항상 윤리적인 것으로 채워져 있다.(엘 빈클러)"

하지만 우리는 독일의 표현주의가 일어났을 때처럼 감정의 과다, 충만,

---

2) 모토오리 노리나가(本居宣長, 1730~1801) 에도(江戸)시대의 국학자. 고어를 실증적으로 분석한 고문사학과 일본 고대 정신을 중요시한 국학을 연구하여 일본이 독자적인 문화로 회귀할 것을 주창하였다.

용출, 광희, 작열, 거대한 흥분과 열광을 모든 형태로 보여주는 언어 속에서 갑자기 뛰쳐나와 그 출발점과 아무런 관계도 갖지 않는 혼돈된 작품을 원하는 것이 아니다. 다만 형식과 색채로 이루어진 유희적이지 않은 열정은 배워도 좋을 것이다.

우리는 마사오카 시키와 같은 기백을 추구하는 것이다. 시키는 문학에서 새로운 인간 존재에 대한 동경을 계시하였고 이념과 열정으로 청춘과 새로운 생명을 불어 넣었다. 잡초가 무성하게 자라듯 번성하던 옛 문학의 꽃밭에 날쌔게 몸을 던져 뛰어든 상태이다. 비유가 조금 과장되긴 했지만 당시 문학에 미친 영향은 실로 비장한 기백에서 솟아난 진실이었던 것이다.

이제 와서 시키의 시대적 존재감에 대해서 설명하려는 것이 아니다. 다만 지금이야말로 우리가 갈망하던 새로운 문학이 탄생해야 할 때이다.

그러기 위해서 우선 우리는 문학적 태도의 단련에 대해서 생각해 봐야 한다. 대중이 문화와 문학을 지탱한다는 의견에 이론은 없지만 문화와 문학의 진전은 실로 많은 경우 위대한 인물의 출현으로 인해 이루어져 왔음은 역사가 말해주고 있다. 우리는 자기 자신의 끓어오르는 열정을 작품으로 발표해야 한다.

시대는 청춘과 같은 열정을 기다리고 있다. 거기서 새로운 문학의 탄생은 빛을 발할 것이다. 우리 민족의 피는 바로 지금 그 '도가니'에서 끓고 있는 것이다.

전쟁과 문학
─단카 작품에 대해서─

니시무라 마사유키(西村正雪)

우리가 대동아전쟁의 작품을 보고 생각하는 것은 우선 표현이 매우 솔직하다는 것이다. 솔직하다는 것은 어렵게 합리화시키고 있지 않다는 것이다.

하지만, 이 현실이라는 것은 결코 솔직하지 않다. 실로 집요한 적의를 느끼지 않을 수 없다.

"현실은 집요하다."라고 옛사람들은 말하곤 했다. 이론에 비교하면 현실은 얼마나 집요한가? 집요한 것은 자연히 단조로워진다. 단조로워졌을 때 진정으로 집요하다는 감정이 일어난다. 사실은 집요하며 단조롭다. 인간들이 변화를 추구하고 괴기스러움을 좋아한다는 것은 그만큼 현실이 집요하게 단조롭다는 사실을 반증하는 것이다.

하지만 사실이나 인생이 단조롭고 집요하다고 해서 인생을 반영한 문학도 단조롭고 집요해야 할 필요는 없다. 아니, 그런 일이 있어도 될까?

집요한 현실에 대해서 우리는 이미 많은 고민을 해왔고 또 하고 있다. 이러한 고민을 문학에서 다시 접하는 것은 어리석은 일이다.

우리는 이미 집요한 현실을 살고 있기 때문에 청량감이 있는 작품을 원하는 것은 아닐까?

청량감이라고 해도 거품이 빠진 청량감은 재미가 없다. 충실한 청량감(표현이 이상하지만)이란 샘솟는 청량감 같은 걸 원한다는 뜻이다.

내가 말한 진실로 솔직한 작품이란 이런 청량감이 있는 것을 가리킨다. 솔직하기만 하면 된다는 것이 아니다.

여기서 문학이 현실의 재현이 아니라는 것을 알 수 있다. 내가 앞서 대동아전쟁을 읊은 작품이 솔직하다는 말을 했으나, 이는 전쟁 이전의 작품이 얼마나 솔직하지 못하였는지를 말하고 싶어서였다.

물론 거기에는 여러 가지 원인이 있을 것이고 일괄적으로 단정지을 수 없는 사정이 있다. 하지만 일반적으로 너무나도 집요함 그 자체였다.

문학에 대해서 어떤 절망감을 느낀 적은 확실히 있었다. 그랬던 문학이 대동아전쟁기의 작품에서는 매우 솔직해졌다고 느낀 것이지만, 우리들도 이 역사적 현실이 직면하고 있는 커다란 시국이 솔직한 것이라고 믿고 있는 것은 결코 아니다. 세계의 동향이라는 것을 깊이 생각해 보면 실로 미묘고 집요하게 전개되고 있다.

이 공전절후의 현실의 움직임과 확장 속에서 가장 현실적이면서 또한 가장 본질에 가까운 상을 파악해내는 것이 우리들이 문학에서 표현해야 할 가장 큰 책무라고 생각하기 때문이다. 그 본질적인 것을 적출(摘出)함으로써 우리는 일견 솔직한 표현을 성취했다고 할 수 있을 것이다.

대동아전쟁기의 작품(이하 전쟁작품이라 칭한다)이 어떤 의미에서는 솔직하다는 것은, 솔직한 단조로움을 말하는 것일지도 모른다. 이는 집요한 현실에 대한 말이지 결코 독립적인 말은 아니다.

예를 들어 솔직하고 단조롭다 하더라도 그것은 실로 큰 의미를 갖고 있는 것이다. 그 가장 근본적인 원인으로 들 수 있는 것이 간명하게 말해서 '일본 정신의 파악'이라는 것이다. 일본 정신의 현현이라는 것이다.

이 절대적인 이상을 향해 전진함으로써 우리들이 솔직해지는 것은 옳은 일이며 당연한 일이다. 우리 영혼의 고향으로 돌아가 마음껏 솔직함을 드러내는 것이다. 하지만 우리들은 언제까지 이 솔직함에 안주해야 할 것인가? 솔직함이 솔직함으로 있을 수 있는 동안은 좋으나 그것이 단조로움을 동반하기 시작하면 어떻게 될까?

전과(戰果)는 하루하루 비약하고 있다. 솔직함이 우리에게 청량감을 안겨다 준 것은 사실이나 그 청량감도 언제까지고 청량할 수는 없는 것이다.

끝없이 샘솟는 샘물처럼 충실한 청량감이 아니면 안 된다는 것은 이러한 의미이다.

그럼 여기에서 한 발 더 나아가 깊이 생각해 보자.

나는 이제 와서 지나간 일에 대해서 말하고 싶지는 않지만, 일전에 가단에서 단카가 매너리즘에 빠졌다고 하여 단카의 구시대적 양상에 대해 비난 받은 적이 있다. 지난날의 단카에는 여러 가지 문제점이 있었다. 하지만 오늘날에는 단 한 가지 문제점밖에 없다. 그것은 현대의 피로 현대의 노래를 만들라는 것이다. 그 이외의 문제는 모두 쓸모없는 것이라는 의견을 발표한 적이 있다.

이는 추상적으로는 지극히 옳은 말이다. "현대의 피로 현대의 노래를 만들라."는 것은 어느 시대나 예술에 생명을 불어 넣기 위해서 그것밖에 방법이 없다는 것을 의미하는 태도이기도 하다. 하지만 문제는 그 다음이다.

현대라는 것은 구체적으로 무엇인가? 또 무엇을 '현대의 피'라 하고 무엇을 '현대의 노래'라고 하는지 따져 봐야 한다. '현대의 피'와 '현대의 노래'라는 것을 해설에서 주장한 자는 - "단카의 세계를 전원적인 것에서 도시적인 것으로 확장하고 종래의 단카에 머물지 않고 더 현대적 사상, 세계문화의 세계, 기계나 예술의 세계, 도시의 세계 등을 노래할 것을 희구한다."고 설명하였다.

하지만 이러한 현상을 진정 현대적이라고 말할 수 있을까? 주장한 자가 표면적인 현실에만 집착한 편협한 견해는 아닐까? 우리는 이러한 의심을 품지 않을 수 없다.

현실의 집요함을 더 집요하게 해 가면서까지 현실을 재현해야 할 필요성이 어디에 있을까?

우리가 이러한 현대 문학을 원치 않는다는 것은 이 한 문장만으로도 명백하다.

복잡한 현실의 본질적인 표현이야말로 우리가 원하는 '충실한 솔직함'이다.

결론적으로 말해 우리는 현실의 집요한 상(像)에서 추출한, 얼핏 보기에는 솔직하고 단조롭게 보여도 그 배후에 위대함과 아름다움을 지닌 문학을 원하는 것이다.

결론을 간략하게 서술하였으나, 우리가 전쟁 작품에서 원하는 것은 바로 이런 생명력이다. 단순한 솔직함이 아니다.

물론 솔직하지도 않은 작품은 열외이다. 매우 요령 없는 글이지만 짬이 생겨서 대동아전쟁을 다룬 작품에 대한 소견을 기술하였다.

—끝

젊음에 대해서
─가인(歌人)의 입장에서─

시모와키 미쓰오(下脇光夫)

인간을 "나약한 갈대라고 생각해야 한다."는 것은 파스칼의 유명한 말인데 인간은 철이 들어서 죽을 때까지 계속해서 생각을 하지 않으면 안된다. 물건이 불에 탈 때 발화점이 있듯이 사람도 어떤 충동을 계기로 갑자기 생각하는 갈대가 될 때가 있다.

그리고 바람에 상처입고 비를 맞아 꺾어진 갈대가 되면 더욱 더 사유하는 마음은 심화된다. 나는 젊은 시절 방황 속에서 행하는 사유에 대해서, 젊은 시인의 입장에서 생각해 보고자 한다. 청춘의 사유는 방황이라는 형태로 나타난다.

예로부터 청춘은 미로라고 불렸다.

젊은 시절의 방황은 꿈이 얽히고 정열이 더해져 시대나 환경 등 모든 대상을 경험하면서 구체적으로 된다.

그리고 방황은 또 다른 방황을 낳아 끝없이 계속된다. 옛 노래에 옛날 사람은 생각을 하지 않았다고 노래하고 있는 데 이는 실로 이러한 사정을 말하는 것이다. 하지만 청춘의 아름다움이란 완성되지 않은 방황에 있다고 나는 생각한다. 사람은 젊음에서 멀어져 가면서 젊은 시절의 아름다운 꿈이나 고매한 이상을 버리고 현실에 순응하는 소위 말하는 분별을 가지고 사물을 처리하게 되기 쉽다.

젊은 시절에는 무슨 일이든 어중간하게 하지 않고 만약 해결할 수 없다

하더라도 해결하기 위해 몸을 바친다. 어떻게든 해결을 구하고자 하는 그 노력에야말로 청춘의 용기와 성실함이 깃들어 있어서 숭고하다.

나는 이와 같은 전제로 다음의 노래를 생각해 보고 싶다.

깊은 들판 한낮에 팔을 베고 누운 왕성한 꿈도 지나가며는 돌아오지 않는다

만의 하나 굶어 죽는다 하더라도 하얀 소금 몇 알 움켜쥐고 맑게 살고 싶다네

— 이카다이 가이치(筏井嘉一)3)

무탈한 일상 마음이 스며드는 나의 진정한 삶은 죽어가고 처자식은 살아가리라

— 마에카와 사미오(前川佐美雄)4)

생명 있는 것 벌레도 움직이지 않는 겨울 마당 견디기 힘들거든 일어나 나와라

— 나카다 다다오(中田忠夫)

움직이는 것 나를 무찌른다면 난 당하겠다 영혼 둔해지는 건 더없이 서글프구나

— 다테야마 가즈코(館山一子)5)

---

3) 이카다이 가이치(筏井嘉一, 1899~1971). 다이쇼(大正), 쇼와(昭和) 시대의 가인. 1914년 기타하라 하쿠슈(北原白秋)의 순례시사에 입사. 1928년 신흥가인연맹을 결성. 1940년부터 『창생(蒼生)』을 주재함.

4) 마에카와 사미오(前川佐美雄, 1903~1990). 쇼와, 헤이세이(平成) 시대의 가인. 사사키 노부쓰나(佐佐木信綱)에게 사사. 프롤레타리아가인동맹에 참가하였으나 신흥예술파로 전향. 1934년 잡지 『일본가인(日本歌人)』을 창간. 『아사히신문(朝日新聞)』 가단 선자, 예술원회원.

5) 다테야마 가즈코(館山一子, 1896~1967). 다이쇼, 쇼와 시대의 가인. 구보타 우쓰보(窪田空穗)에게 사사. 1927년 『여명(黎明)』을 창간. 구어 단카에 주력하여 「프롤레타리아 의식 하에서(プロレタリア意識の下に)」로 주목을 받음. 전후에는 『인민단카(人民短歌)』에 참가함.

어쩌다 알아서 살아보겠다고 주제넘게 굴다 날이 밝으면 결국 올려
다보는 해바라기

— 고도 미요코(五島美代子)[6]

화창한 겨울 참으로 맑은 오전 볏짚의 재는 하얗게 불태우면서 생을
끝내는구나
호수 건너편 사는 이 누구일까 때때로 등불 비추어 보게 된다 궁금
함 때문에

— 사이토 후미(齋藤史)[7]

신풍(新風)이라고 불리거나 혹은 신낭만파라 일컬어지는 이들의 노래이
다. 후미 씨의 상징, 마에카와 씨의 신낭만주의 혹은 신고전주의 – 특히
마에카와 씨의 노래는 특유의 가풍이 확립되어 있다. 사물을 접했을 때의
마음을 노래하기 보다는 마음을 읊기 위해서 사물을 빌려왔다는 느낌이
든다. 그러나 현대 가단에서 이들의 노래를 불손하다고 지적하면서 비판
적이고, 방관적이며 적극적이지 않아 순수성이 없다고 비난하는데도 이들
의 노래가 젊은 사람들의 마음을 매혹시키는 것은 어떠한 연유에서일까?
현실의 허위, 추악, 혼란을 견디기 힘들어 하는 순정이 이들 노래에 깃들
어 있다고 보는 것은 내가 젊기 때문일까? 방황 속에 실제로 뛰어 들어서
결론을 얻지 못한다 하여도 자기 자신을 깊숙이 파고드는 그 아름다움과
씩씩함에 끌리는 것이다. 나는 이러한 이유에서 이들의 노래를 존경한다.

---

6) 고도 미요코(五島美代子, 1898~1978). 쇼와시대의 가인. 사사키 노부쓰나에게 사사. 1938
년『입춘(立春)』을 창간. 1949년『여인단카(女人短歌)』 창간에 참여. 1958년『신집 어머니
의 가집(新輯 母の歌集)』으로 요미우리문학상(讀賣文學賞) 수상.
7) 사이토 후미(齋藤史, 1909~2002) 쇼와, 헤이세이시대의 가인. 육군 군인이자 가인이었던
사이토 류(齋藤瀏)의 장녀. 모더니즘을 기점으로 독자적인 가풍을 확립시켜 1940년『어가
(魚歌)』를 간행. 1962년『원형(原型)』을 창간, 주재함. 여성 가인으로는 최초로 예술원 회
원이 됨.

인생에서 50년이란 길다. 이 긴 인생에서 현재의 시련에 대한 아무런 방황도 고뇌도 없이 지나간다는 것은 도저히 생각할 수 없다. 『만요슈(万葉集)』8)의 예전부터 인생은 기려(羈旅)9)로 비유되었다. 산을 넘는 여행과도 같다고 했다. 젊은 시절에는 산을 넘지 않는다. 정상을 넘어서 계곡 바닥에 있는 죽음은 보이지 않는다. 젊은 시절에는 삶이라는 것이 뿌리 깊은 것으로 여겨지지 않고 죽음이라는 것은 직접 와 닿지 않는다. 삶의 해결을 향해서 젊은 사람들은 영혼을 단련시킨다. 아무리 이룰 수 없는 꿈이라 하더라도 안이한 현실과 타협하는 것보다는 낫다고 생각한다.

이것이 지금까지의 생각이다.

×   ×   ×

하지만 전쟁은 이러한 나의 생각을 바꾸었다. 전쟁은 어떠한 감상도 허용하지 않는다. 전쟁터를 향하는 자에게 내려지는 명령은 순국 정신이다. 게다가 전쟁터를 향하는 자들의 대부분은 젊은 사람들이다. 그래서 순국 정신은 사랑의 숭고함이라고 생각한다. 젊은 시절의 특징 중 하나는 뭐니 뭐니 해도 정열과 사랑일 것이다. 사랑한다는 것은 신기한 행위이다. 도대체 사랑이라는 것은 어디서부터 샘솟는가. 사람은 왜 사랑하는가. 게다가 왜 사랑하지 않을 수 없는가. 사랑의 정신에는 열정과 희생이 따른다. 대동아전쟁이 한창일 때 젊은이들의 사랑의 정신은 숭고한 국가애로 인해 개인적인 이성연모를 지양하였다.

12월 8일 서전10)에서 해군특별공격대 젊은이들의 순국 정신은 우리들

---

8) 편자 미상으로 759년 이후에 성립한 현존하는 일본 최고의 가집이다. 전 20권으로 약 4,500수의 노래를 수록하고 있으며, 단카, 조카(長歌), 세도카(旋頭歌) 등 와카의 형식도 다양하다. 계층이나 지역 간의 차이에도 불구하고 심정을 솔직하게 노래하고 있어 일본인의 마음의 고향이라고도 불린다.

9) 객지에 머묾. 또는 그러한 나그네.

10) 1941년 12월 7일(일본시간 12월 8일) 일본의 진주만과 필리핀, 말레이 반도의 공습이 태평양전쟁의 서전이 됨.

에게 깊은 감명과 반성을 안겨주었다. 이 정신을 담담한 심경이라고 히라이데(平出) 대사[11]는 말했다.

아름답고 짧았던 삶에서 미소 띄우며 가버린 강한 자여 바다 속 저
멀리

— 스에다 아키라 씨(본지 4월호)

이 시는 젊은 시절 믿음직스러운 생에 대한 집착이란 결국 어떻게 죽을 것인가, 라는 죽음의 해결밖에 없다는 『하가쿠레(葉隱)』[12]의 정신을 상기시킨다.

이로써 청춘의 혼란과 방황에 하나의 불빛을 비추게 된다.

옛 선조 때부터 오늘날까지 전해져 온 길은 하나밖에 없다. 때로 망설여진다면 되돌아보는 것이 좋다. 신들이 살았던 소박한 옛 시절을 떠올리고 '기기(紀記)'[13]에 현현된 민족 정신을 되새기길 바란다. 거기에서 우리는 신들의 열정을 찾을 것이다. 새로운 국토를 만들고자 불로 단련하고 물에 잠긴 신들의 모습을 떠올리게 한다.

그것은 몇 번이나 범람하고도 스스로 소생하는 힘을 갖춘 무서울 정도로 강인한 생명체를 느끼게 한다. 또한 이는 조국이 다른 나라의 젊은이들에게도 마찬가지이다.

그렇게 되면 지금까지 탁수처럼 범람하던 모든 것이 소리를 내면서 흐르는 물처럼 맑아질 것이다.

---

11) 히라이데 히데오(平出英夫, 1896~1948)는 쇼와시대 전기의 해군 군인. 해군성 정보선전 업무를 담당하였고 태평양전쟁시 대본영 발표의 해군측 담당자였음.
12) 『하가쿠레』는 에도시대 중기(1716년 경) 무사의 마음가짐을 '무사도'라는 용어로 사가나 베시마번(佐賀鍋島藩)의 무사 야마모토 쓰네토모(山本常朝)가 구술하였고 다시로 쓰라모토(田代陣基)가 기록한 책.
13) 『일본서기(日本書紀)』와 『고지키(古事記)』.

이는 도덕, 윤리를 이성으로 자리매김하려했던 19세기적인 합리주의의 청산을 의미한다.

×   ×   ×

사람은 망설일 때 반드시 반성을 하게 된다. 청춘이 커다란 방황의 세대라고 한다면 청춘이야말로 커다란 반성의 시대가 아니면 안 된다.

여기서 우리는 고대정신, 혹은 민족정신이라는 것을 생각한다.

고대로 복귀한다는 것은 앞으로 다가올 모든 혁신의 전제이기도 하다. 고대의 정신을 이해하고 그것을 새로운 시대에 되살리고자 한다. 젊은 가인들은 너무나도 현실에 부합하여 피상으로 치우치고 있는 것은 아닐까? 신낭만주의, 신고전주의라는 것도 하나의 고대복귀의 정신으로 볼 수 있다.

하지만 시대는 시시각각 변천하고 있다. 그들이 주장하는 혁신의 이념도 전부 다 받아들일 수 없는 것은 당연하다.

문학사에서 고대 회귀를 외친 사람은 많다. 노리나가가 있었고, 마부치(眞淵)[14]가 있었고, 가깝게는 시키가 있다. 젊은 가인은 현대의 웅혼한 전환기에 있어서 이를 몸소 느끼고 있기 때문에, 고대 정신을 다시 한 번 회고해 볼 필요가 있다. 일본민족의 근원만큼 신비한 것은 없으며 꿋꿋함을 아름답다고 하는 자는 한 없이 많다. 우리는 2천 년 전부터 『고지키(古事記)』,[15] 『만요슈』를 소유하고 있다.

젊은 날의 고민도 청춘의 방황도 먼 옛 선조들의 길을 되돌아 볼 때, 비로소 광명을 얻게 되고 나아가야 할 길이 제시된다. 이는 야마토민족으로

---

14) 가모노 마부치(賀茂眞淵, 1697~1769)는 에도 중기의 국학자, 가인. 『만요슈』를 중심으로 한 고전연구로 근세국학과 와카(和歌) 문학사에 커다란 족적을 남긴 국학 사대인(四大人)의 한 명이다. 모토오리 노리나가 등 많은 문인을 양성하였다.

15) 고대 일본의 신화, 전설 및 사적을 기술한 책. 오노 야스마로(太安麻呂)가 겐메이(元明) 천황의 부름을 받아 저술했다. 천황가(天皇家)의 연대기와 계보를 기록한 『제기(帝記)』와 신화, 전설 등을 기록한 『구사(舊辭)』에 있는 내용을 중심으로 편찬했다. 덴무조(天武朝, 678~686)에 처음 기획, 편찬되어 서기 712년 정월에 완성되었다.

서의 생을 부여받은 덕택이며 우리들은 젊은 베르테르의 고민을 느끼지 않아도 된다.

이러한 생각은 얼핏 피상적으로 보일 수 있으나 이는 민족의 뿌리 깊숙이 박힌 생각이며 그 근거는 『만요슈』에서 찾을 수 있다.

그리고 이 정신은 오늘날까지도 여전히 전해 내려온다. 이러한 의미에서 고전의 세계를 발굴하고 자기 정신을 연마하는 것은 큰 의미가 있다.

그리고 젊은 시절의 겸허함은 하나의 미덕으로 여겨진다. 하지만 겸허함이란 결코 굴복이나 기회주의여서는 안 된다.

현재 가단의 노련한 작가나 혹은 중견 작가의 대부분은 매너리즘에 빠져 있는 감이 있어 젊은 우리들로서는 참기 힘든 부분이 있다. 그 사이에 신풍이라 불리는, 전술(前述)한 작가들의 한 집단이 나타난 것은 젊은 가인들 입장에서 기쁘지 않을 수 없다.

문학의 재능이라는 것은 집요한 정신에 의해서 어느 날 꽃 피우는 것이라고 한다. 혹은 문학의 재능을 일종의 신비스러운 것으로 간주하는 사람들이 있으나, 단카처럼 특수문학에 한해서 말하자면 정신 외에 진보의 길은 없다고 생각한다. 단카의 형식리듬을 자신의 '삶의 형식'으로까지 높이는 것은 결코 쉬운 일이 아니다. 게다가 우리는 배후에 조상들의 훌륭한 고전 작품의 중압감을 느끼면서 또한 이를 뛰어넘지 않으면 안 된다. 그렇기 때문에 온 생명을 기울여서 노력할 필요가 있는 것은 당연한 것이다.

우리들은 이 중압감에 져서는 안 된다. 그리고 이를 뛰어넘는 것이 젊은 가인들의 사명이며 이는 한창인 젊은이들에게 기대할 수 있다. 2천년 동안 계속해서 피워 온 문화의 꽃이 현란함을 자랑한다 하더라도 우리는 이에 현혹되어 어중간한 타협을 하지 않고 먼 조상의 아름다운 길을 추구하는 것도 가인의 입장에서는 의미있는 일이라 할 수 있다. 이것이 모두 장래의 새로운 가인의 입장에서 자기완성의 전제가 된다고 나는 믿는다.

단카 작품 1

⊕ 히다카 가즈오(日高一雄)

조선 청년 영미 포로 감시원에 선발되다

영미의 포로 감시원으로 선발되어 가는 영광에 일어선 청년

유월 뜨거운 기찻길에 나란히 선 감시원들 얼굴에 맺힌 땀이 밝게 빛나는구나

부모처자식 이별을 슬퍼하며 우는 모습을 보니 뜨거운 마음 나도 함께 운다네

친족일가가 서로 격려하면서 보내는 감격이야말로 우리 민족의 진실된 목소리

호주 시드니, 마다가스카르의 공격16)

수백 수천의 적함(敵艦)을 모두 침몰시킨 특수 잠수정들이 줄지어 나가도다

바다, 하늘, 육지의 온갖 신들 전쟁을 완수하려는 투혼을 이어 가는구나

관악산 연주암

적송 가득한 숲 속에서 눈에 띄는 주홍색 칠의 빛나게 아름다운 금윤보전이구나

연주대의 험악한 바위 위에 세워진 암자 나는 쳐다만보면서 오르지는 못하네

나긋나긋이 흔들리는 새잎이 가지고 있는 왕성한 청춘을 나는 사랑하누나

적송의 거친 나뭇결에 휘감은 젊은 나무를 보고 있으니 문득 쓸쓸해 보이누나

---

16) 1942년 5월 30일에는 2정의 잠수정이 마다가스카르의 디에고 수아레즈 항에 침투해 영국의 구형 전함인 라일레즈 함에 타격을 가하고 유조선 1척을 침몰시켰으며, 5월 31일에는 3정의 잠수정이 시드니 항을 공격해 HMAS커타벌 함을 침몰시켰다.

⊕ 기시 미쓰타카(岸光孝)

신의 나라인 야마토(大和) 사나이가 전진하는 위력 앞에 이를 가로막는 이 없도다

해변가 근처 야자나무 그늘에 엎드려서 총 겨누는 용감한 사람도 있노라니

바람 시원한 야자나무 그늘에 쉬고 있는 용감한 자를 떠올리니 안심이 되누나

낙하산 부대

공중에 몸을 던지고 맡기는 패러슈트여 새하얗게 펼쳐서 무사히 내려오라

바렌반17) 상공에 갑자기 떠오른 낙하부대여 그 이름은 영원토록 빛나리라

천황의 병사 하늘 위에서 떨친 영웅의 마음 총후에서 생각하다니 안타깝도다

⊕ 야마시타 사토시(山下智)

싹이 튼 도로 가로수 나뭇잎이 밤송이 꽃의 흔적을 가려 보는 이가 없구나

이른 아침 정원이나 논밭에 나와 있는 사람들 눈부신 아침 햇살 사이로 보고 간다

병영을 방문하니 어느새 군인들은 하복을 입고 있다 여름이 왔구나

경사 진 언덕길을 노을이 느릿느릿 흘러가는 빛을 보며 걷누나

저녁노을의 가로수 그늘 짙은 구석 진 곳을 직장인 여성 같은 소녀도 거니누나

내가 무거운 마음으로 보고 있는 영화의 줄거리 이쩐지 닐 위로하누나

때 묻지 않은 가구가 많지 않더라도 나란히 놓인 불을 끄다보니 문득 쓸쓸해진다

⊕ 구라하치 시게루(倉八茂)

사년 동안을 앓다 여섯 살이 된 장남은 깁스를 하고 있어 다리만이 작구나

고열이 겨우 내려간 내 아이는 눈물 흘리며 깁스의 무게를 견디기 힘들어 하네

---

17) 1942년 2월 14일 일본 육군이 낙하산 부대만으로 인도네시아 수마트라섬의 바렌반에
강하작전을 수행하였다. 당시 이 낙하산 부대를 '하늘의 신병(神兵)'이라 선전하였다.

깁스에 하반신 오랫동안 들어가 있었던 어린 아이 수술 자국이 썩어간다고 하네

어린 아이는 수술 자국을 견디면서 깁스 속의 다리를 간지러워 하누나

다리 상처를 잊어버린 듯 어린 아이 무심히 엎드려 기차 그림을 그리고 있구나

창문 밖에서 아이들 노는 소리 들으면서 내 아이는 장난감을 나란히 세우고 있겠구나

전쟁을 이기고 있는 요즘 세상에 몸 아픈 남아 데리고 하루하루 어찌할 바가 없다

🌐 도도로키 다이치(轟太市)

병창단석

'간부는 솔선수범'의 모범을 보이고자 뉴기니아 먼 바다 자폭하러 왔도다

— 이토(伊藤) 중사에게 조의를 표함[18]

그대 뽐내는 윤형진[19] 비통하다 비통하구나 뉴기니아 먼 바다에서 덧없이 가라앉다

저녁 늦게 왕진 오신 의사의 첫 말씀이 산호해해전[20]에서 큰 성과가 있기를

나 아픈 것을 일찍이 안 병사의 문병 인사는 결코 길지 않다네

— 고이데(小出) 형님을 읊은 두 수

고향 멀리서 병들어 누워 있는 내게 온 편지 간결하기도 하여 기쁘기도 하누나

여자 아이들 부르고 있는 창가 그리워 소리 내지 않고 어느새 화음을 이루누나

옆방에서는 내 사진을 보고 있는 것 같다 '선생님의' '선생님이' 하는 소리 들리네

---

18) 이토 세이치(伊藤整一, 1890~1945). 당시 해군중장이자 제2함대 사령장관이 함장이었던 전함 '야마토(大和)'는 1945년 4월 7일 보노미사키오키해전(坊ノ岬沖戰)에서 미국항공함대 함재기의 총공격을 받고 침몰하였고 이토는 전사하였다.

19) 함대의 해상 전투대형. 함대가 적함대의 공격위험이 있는 해역에서 행동할 때 주력함을 가운데 두고 그 주위를 다른 함정으로 둘러싼 모양으로 항해하는 대형.

20) 산호해 해전은 미국과 일본이 1942년 5월 4일부터 8일까지 남태평양 산호해에서 격돌한 해전.

장마를 닮아 소리도 없이 비가 내리면 낮에 전근을 가신 분이 떠오르는구나

— 야스다(安田) 선생님

징병제도의 실시를 맞이하려 노력을 하는 청년들의 눈동자 맑은 것을 보거라

— 나카하라 가교(中原夏業) 군

⊕ 사카모토 시게하루(坂元重晴)

오월 말엽에 '시드니', '스와레즈' 기습당하여 대단하다는 적들도 핏기가 없겠구나

적의 군함미 격파할 수 있을까 자문하누나 우리 기뢰의 진정 위대한 위력 알면서

뜨겁게 내리 쬐는 해와 빛이여 싸우는 우리 무위(武威) 지금이야말로 세계에 울려퍼져라

경천동지할 이 전승으로 인해 넓은 세계의 사조 커다랗게 바뀔 것 생각한다

전지구상의 삼분의 이나 되는 땅을 석권해 온 우리 군의 의기 높이 찬양하누나

'알류샨[21]', '미드웨이[22]', '시드니[23]' 한시의 기습에 적도 놀랐을 것이다.

⊕ 오가와 다로(小川太郎)

마고이(眞鯉) 히고이(緋鯉) 고이노보리(鯉幟)[24]천을 올린 집 앞을 느긋이 걸어간다 물건이 부족해서

지나(支那)에서만 한정된 슬픈 얘기가 아니다 이건 이것대로 아(阿)의 쿵을기(孔乙己)

---

21) 알류샨열도. 북태평양 미국의 알래스카 반도에서부터 러시아의 캄차카반도에 걸쳐서 포물선을 그리면서 이어진 열도. 1942년 6월 3일부터 7일까지 일본군이 미드웨이 작전의 양동과 웨크섬 동쪽으로의 초계권을 전진시키기 위해서 알류샨열도 방면으로의 공격을 가해 일본군이 앗쓰섬과 기스카섬을 점령하였다.

22) 태평양전쟁 초기인 1942년 6월 5일에서 7일에 걸쳐 하와이 북서쪽 미드웨이 앞바다에서 있었던 미일 양군 사이의 해전.

23) 1942년 5월 31일 미군이 주둔하고 있던 호수 시드니항을 일본의 잠수함이 공격함.

24) 5월 5일 어린이날 지붕에 고이노보리(鯉幟)라는, 잉어가 급류를 힘차게 거슬러 올라가는 모양을 구현한 종이나 천으로 만든 깃발을 다는 풍습이 있다. 고이노보리 맨 위에 다는 파란 천의 잉어를 '마고이'라 부르고 그 밑의 붉은 천의 잉어를 '히고이'라고 부른다.

광인일기와 같네

—루쉰의 소설을 읽고 3수

여염집 하숙이라고 알고는 있었지만 이사 온 며칠 만에 어머니를 그리워한다

앙증맞은 살구 잎 파랗게 익어가는 나무 밑 흙으로 만든 허술한 화장실이 가깝다

아침 부엌에서 왕겨 태우는 풀무 소리가 푸석푸석 들리면 예로부터 가난하다 한다네

발톱과 손톱을 자르고 나서 머리를 밀면 시원하고 개운하게 목욕을 하는구나

이 마을 가로수 울창하고 이슬이 사라지는 아침이 오면 대문 앞에서 나병환자가 구걸한다

뽕나무 잎사귀 아침햇살 비치는 창문을 열고 아침만큼이나 나의 생활은 충만해야 한다

막걸리 집이 나란히 모여 있는 마을에서 먼 후미진 한 구석에 먼지가 피어 오른다

낭만이라고는 하여도 이승에서 내려와 적의 탄막으로 목숨을 빼앗기는구나

나에게 남자 동생이 두 명이나 있으니 징병을 절실하게 원하는 마음이 생기누나

송구스럽게 님을 위해 순사할 수 있는 순간이 오니 잠시 후 용솟음치는 핏줄기

사쿠라다 문(櫻田門) 밖에서[25] 눈보라 친 봄날 아침 핏물 들게 한 거친 자객을 떠올리누나

—막말사(幕末史)를 읽고

귀중한 여러 생명을 앗아간 커다란 소동을 읽으면서 다시금 단단히 마음먹다

대부분은 젊은이를 부탁한다는 말을 올리지만 쓸쓸해지면 당신과 서로 웃는다

⊕ 이토 다즈(伊藤田鶴)

구슬을 치는 소리는 하늘에 울리지 않는구나 이 고요함이여 전쟁 치루는 나라에

---

25) 1860년 3월 24일 에도 성 사쿠라다(櫻田) 문 밖에서 미토(水戶) 번의 낭인 무사들과 사쓰
마(薩摩) 번을 탈번한 낭인 무사 한 명이 다이로(大老) 이이 나오스케(井伊直弼)의 행렬을
습격하여 암살한 사건.

바람의 내음 나는 아침 맑구나 산꼭대기에 꽂힌 깃발의 붉은 색과 밝아오는 하늘과

— 징병제 실시 발표 날

힘차게 걷어차고 도약하면 웅축된 힘은 오히려 숨는다 다리가 걸려서

🌐 고바야시 요시타카(小林義高)

부슬부슬 숯가마니 적시는 비는 내려도 유하(流下) 가능 수위는 아직 아니다

비는 안 오고 어제도 오늘도 나날이 강물은 마르고 마음만 초조해지는구나

봄바람이 마음껏 부는 정오 날씨가 추워서 숯불을 지펴 몸을 녹이는구나

국민병 나도 불려 나와서 학교 교정에서 열린 재향군인 교련에 참가하는구나

🌐 이와부치 도요코(岩淵豊子)

불려나가는 사람의 마음을 짐작하고도 슬프구나 자식이 없는 내 처지가

작은 어머니라고 쓰고 엄마처럼 따르는 병사도 있다 우리 집에 머문 이 중에

자식 같은 마음이 안 일어 날 수가 없다 자주 다정한 편지를 나에게 보내 주어서

처절함의 극치를 보여 주는구나 시야 좁은 바다 위에서 싸우는 거함의 무리

— 산호해 해전

특수잠항정의 이름을 또 다시 듣고 빛나는 전쟁의 성과에 눈물 흘리누나

— 시드니 항

못 돌아오는 세 개의 잠항정이 있다고 들었네 전사(戰史)에 향기를 남길 이는 누구의 자식인가

⊕ 다카하시 하쓰에(高橋初惠)

어머니 정성 가득히 담겨 있는 여름 밀감을 먹으니 자연히 떠오르는 고향의 집

전쟁터에서 돌아온 병사들의 시원하다 할 정도로 검게 그을린 얼굴이 듬직하누나

징병 나간 남편을 대신해서 아낙네가 일구는 밭을 격려해 주는 모습들이 고맙구나

소음이 머리 아파 싫다고 생각하면서도 어느새 도쿄의 생활에 익숙해져 가는 나

삼일 지나서 겨우 도쿄의 거리를 걷고 있는 내 자신을 생각하면 꿈만 같다

상경을 읊음

아키스카미(現神)이 살고 계시는 황거 해자의 물은 천황의 영원한 은혜를 기리며 빛난다

의는 군신이고 정은 부자라고 말씀하셔서 송구스럽구나 해가 뜨는 곳(일본)에 태어난 나

궁성 앞에서 천황을 생각하며 머리 조아리면서 눈시울이 뜨거워진다 백성인 나

⊕ 후지카와 요시코(藤川美子)

한 때는 귀에 거슬려 밤을 설치게 했던 빗소리는 멀어지고 밤은 깊어가는구나

새순이 나온 소나무 사이로 드리운 그늘 먼 옛날과 같은 해가 오늘 아침 난꽃에 앉았다

나이는 먹고 마음은 가난하게 살아 온 내가 이제 와서 무엇에 자극받아 분발하려 하는가

유월 볕에 땀이 말라 버린 모래 먼지를 일으키며 연대의 옆을 트럭이 지나갔네

나날의 바쁜 일상생활에 치여 한 줄기 남아 있던 시심마저 쇠퇴하는구나

돌멩이 빼곡한 산길에 피어난 푸른 이끼가 적을 정도로 맑은 물이 솟는구나

산길에서 땀 나려고 할 즈음에 아지랑이처럼 소나무 화분이 흩어져 내리는구나

산을 깊숙이 걸어들어 와서야 어린 소나무의 싹이 가지런히 튼 모습이 보이누나

깊숙한 산에 날은 저물었구나 아직 남아 있는 풀의 훈기 속에 앉아 쉬누나

한 낮의 소나무 사이로 비치는 햇살이 하루살이의 생명에 스며들어 슬퍼지누나

⊕ 시모와키 미쓰오(下脇光夫)

서양인을 증오하는 것은 옛일이 아니다 이러한 생각이 다시금 돌아온다

― 유신사를 읽고

먼 옛날에 하늘의 안개 속에 우뚝 선 신의 모습을 보았노라 뉴스영화에서

― 적전도하(敵前渡河)

내 가슴 깊숙이 있는 언제나 투쟁하고자 하는 때 묻지 않은 젊음에 의지한다

디나 더빈[26]을 비롯해 서양 영화 숭배자들이 모습을 감춘 영화관이 기쁘구나

미국식 과대망상에 마음을 빼앗겨서 일본영화의 음영을 모르는구나

저녁무렵 새싹이 나와 먼지를 뒤집어 쓴 가로수에 때리듯 쏟아지는 비로구나

삼천년이나 계속되어 이어져 온 조상님의 길을 때때로 방황하게 되면 되돌아보네

아름다운 한 장의 지도를 강한 자가 피로 물들게 하는 모습 보이지 않도록

불과도 같은 대황군은 남쪽의 거친 종족의 죽어가는 영혼을 소생시키는구나

전쟁을 시작한지 육년이 지나고 백일홍이 미친 듯 피니 다시 여름에 들어서네

다시 밀쳐 나가도 가는 데까지 안 가면 멈추지 않는 듬직함을 오늘도 기원하면서

새싹이 되어 미친 듯이 핀 봄의 들판에 이제는 대부분 진 꽃잎을 생각하라

내 꿈에 나타나는 사람의 모습은 이젠 없고 계절의 꽃이 지며 세월이 흐르네

---

26) 디나 더빈(Deanna Durbin, 1921~2013) 영화배우. 영화 '오케스트라의 소녀'로 유명하며 1939년 11회 미국 아카데미 시상식 아역상 수상.

⊕ 스에다 아키라(末田晃)

우리 병사들을 위로해 준다는 전지의 매우 상냥한 원주민 소녀들을 생각해 보네

알류샨 열도 상륙

백설을 밟고 나아가는 병사의 행렬이 심한 혹한에서 어렴풋이 보일 듯 하도다

고사산 석반 위에서 맺은 맹세

다나카 하쓰오(田中初夫)

제1장

실로 신의 품격이로다. 한국 백제의 관가(官家)가 천황을 위해서 먼 옛날에도 그리고 지금도 산봉우리의 소나무 바람은 여전히 삽삽하게 아아 삽삽하게 분다. 천황의 세상이 오랫동안 이어질 거라고 부는 바람의 소리도 스스로 알아서 해 뜨는 곳 일본을 지나서 바다의 많은 섬들 사이를 달려와 멀리 신공황후의 명을 받고 지구마 나가히코(千熊長彦)[27]의 사자가 되어 백제에 건너왔구나.

제2장

황군 신라를 격파하고 이어서 일곱 개의 가라국. 남가라, 탁국, 안라국, 다라국, 탁순가라, 비자봉, 에이 혀가 안돌아가네, 짜네, 싹쓸이 일곱 개 나라를 모두 정복하여 천황의 위광과 위력은 빛나고 무적 무상의 훈공에 백제의 왕들 다들 모여 황군을 치하하고 개선가를 소리 높여 불러 용맹하

---

27) 『일본서기(日本書紀)』에 등장하는 인물로 신라로 파견된 사자(使者). 신공황후(神功皇后) 때 신라에 조공을 빼앗겼다는 백제의 말을 확인하려 건너와 신라를 격파하고 백제왕에게 이후의 조공을 맹세하게 하였다는 내용.

도다. 촌구석이라고는 해도 수도에서 나와 나가히코를 왕 스스로 안내하며 백제의 수도로 향하네. 마부가 에헤이야 데헤야 헤이야 헤이 말로 쌩하니 갑시다. 도라지가 부른다. 헤이야 부른다네. 게다가 이팔 십육의 보라색 꽃이.

제3장

돌이켜 생각해 보면 멀리 여행할 때 입고 나온 옷을 입고 익숙한 내 아내가 입혀 준 옷도 먼지에 뒤섞여 헤지고 때가 탔네. 백제 처녀의 아리따운 볼에 비치는 달빛이 쓸데없이 집에 남겨두고 온 처의 하얀 옷 잔향을 떠올리게 하고 꼭 묶은 붉은 끈을 풀어 놓지는 않는다. 그리움이 사무친다. 꿈인지 생시인지 얇은 풀 베개의 그림자에 문득 한 방울. 그건 별똥별 아닌가.

제4장

지쿠마 나가히코 왕들과 며칠 밤을 묵고 하루하루 가다 도착한 고사산. 수도는 아직 멀어도 바다가 널리 보이는 높은 곳으로 올라가 바위 위에 앉아 일본을 향해 절을 올린다. 왕 곧바로 엄숙히 맹세의 말을 읊는다.

풀로 만든 요를 깔 때는 풀이 불타는 것처럼 나무 바닥에 앉을 때는 홍수에 나무가 흘러가듯이 바위에 앉을 때는 바위처럼 맺은 맹세는 썩지 않으리. 천추만세 영원히 끊이지 않고 부족함 없이 귀국 일본의 제후라고 하여 춘추 빠짐없이 조공을 올리겠노라.

마음을 담은 기도 소리에 아아 신기하도다. 먼 바다의 소란스러웠던 파도 소리도 소나무 가지 사이로 불던 바람 소리도 화음을 맞추어 아름답게 연주하는 비파의 악기 소리 통통타라리 타라리라 타라리아가리 라라리통 기쁨이 넘쳐나 울려퍼진다. 실로 천세 이후에도 내선이 하나 되어 흔들림 없이 천황을 지켜 외적을 물리치는 자의 영광을 받아 천황이 대대로 번영하도록 찬양해야한다. 맹세를 새로이 우러러볼 수 있는 것이야말로 영광스럽구나, 영광스럽구나.

끝

—1942년 5월 27일

우리는 발구르기를 하고 있다
-조회의 시-

모모타 소지(百田宗治)

우리들은 발구르기를 한다.
추운 아침의 교정에서
모두 보조를 맞추고
쿵쾅, 쿵쾅하고
일본의 땅을 밟는다.
　-우리들의 국기가 높이 올라가 있다.
우리들은 발구르기를 한다.
여자 아이도 일학년도
모두 팔짱을 끼고
쿵쾅, 쿵쾅하고
일본의 땅을 밟는다.
　-우리들의 일장기가 높이 올라가 있다.
12월 8일,
하늘의 용사가 태평양을 건너간 아침도
우리들은 여기서 발구르기를 하고 있었다.
쿵쾅, 쿵쾅하고
일본의 땅을 밟는다.
　-우리들의 국기가 높이 올라가 있다.

이 다리로 일본의 땅을 밟아 단단하게 하고
동아의 땅을 고르게 하기 위해서
우리들은 오늘 아침도 발구르기를 한다.
다 같이
단단히 발구르기를 한다.
  ―우리들의 히노마루(일장기)가 높이 올라가 있다.
언제든지 쓸모가 있도록
언제든지 바로 날아갈 수 있도록
우리들은 오늘 아침도 발구르기를 한다.
다 같이 단단히
발구르기를 한다.
  ―우리들의 국기가
    높이 올라가 있다.

자폭을 읊다

아마가사키 유타카(尼ヶ崎豊)

원망스러운 탄환에 사랑스러운 기계의 연체는 깎이고
갑자기 멈춘다 엔진의 고동
전속력으로 회전하던 프로펠러도 지금은 허무하게
추진의 기능이 잘려나간 기체는
가련하다 떨어져가는 속도

투지의 초조함이 스치는 한 순간---

무념!

또 다시 작열하는 원망스러운 한 발
한 쪽 날개를 파고든다 치명적인 깊은 상처
순식간에 떨리는 기체의 동요
필사의 조정도 헛되어 보람도 없이

순간 조종봉을 잡은 손은 저리고
피의 역류 등골을 내려가는 칼날의 오한
눈썹 시원하게 생긴 강한 자의
눈동자 분노하고

입술 마비되어
창백해진 양볼 따라 흘러내리는 것이 있다
한 방울 두 방울

가슴 깊숙이 습격해 오는 만곡의 감계
한 줄로 흔들고 또 흔드는 손수건의
소리 없는 별칭이여
남해의 붉은 석양이 비쳐 뒤집히는 낙엽 한 장
마치 그 흰 천의 어지러운 나비 난무도 사라지듯이

눈 감으면
극한의 이 시간에
순간의 목숨
서로서로 심하게 착종하는 관념들
아버지
어머니
죽음이여
생이여
젊은 가슴 속은 어둡고
이상하게 흐트러지려는 것을

문득 머리를 들어 올리니 눈동자에 들어 온
위로하기 위해서 가까이 온 동료 비행기의 날개에서 빛나는 일장기의
넓은 하늘에 떠오른 색채의 위엄이여
갑자기 창부에 뜨거운 것이 치밀어 올라와 무작정 솟아 나온

절창(絶唱)

천황폐하 만세

아아 안타깝게도 여기서 갑자기 펼쳐지는
빛이 있다
기쁨의 길이 있다

천황에게 바친 이 목숨 후회 없도다[28]

그렇다면 그렇다면

사람의 자식으로서 이루어야 할 큰일은 아직 이 순간에도 남아 있다
가거라 강한 자여
감벽(紺碧)의 태평양 위 멀리
꿈틀대는 장갑의 고래와 같은 딱딱한 곳을 노리고

결연히 눌러 내리는 조종대
찰나에 보이는 양력(揚力) ──영(零)
오 오 수직하강
떨어진다 떨어져 한 덩어리의 육체의, 영혼의, 폭탄의

---

28) 원문은 「大皇乃 敝爾許曾死米」.『만요슈』제18권, 오토모노 야카모치(大伴家持)의 잡가(雑歌) 중 한 구절. 야카모치의 시에 노부도기 기요시(信時潔)가 곡을 붙여 1937년 라디오 방송에서 전투의욕을 고양시키는 국민가요로 많이 방송되었다. 특히 대동아전쟁 말기 라디오 방송에서 전쟁성과를 발표할 때 내용이 옥쇄일 경우 방송 도입부에서 이 곡을 테마 곡으로 내보냈다.

꼬리를 그리는 별처럼 기류를 가르는 쾌적이여

지금 사람의 한계를 넘어 행하는 한 생명의, 천황과 연결되는 행위에
웅장하고 아름다운 출발에

귀신이여 곡하여라

──그리고 남명(南冥) 한 가운데 적의 선박째 바다 깊숙이 가라앉힌 하
늘의 용사가 그린 한 줄기 파문은 조용히 퍼지고 결국은 맑고 아름다운
큰 송이의 화문(花紋)을 그리다 마침내 사라져 버렸다──

당나귀

주영섭(朱永涉)

당나귀가 지나간다
작은 발걸음으로 꼬리를 흔들며
작은 수레에 많은 짐을 실고
이럭저럭 언덕길을 올라간다
당나귀는 불평하지 않는다 무리하지 않는다
언제나 약간의 지푸라기와 때로는 푸른 풀과 가끔은 콩을 먹고
길을 걷다 이성을 만나면
인사 한 번 하고
그리고 묵묵히 수레를 끈다
언제나 발밑에서 놀아주는 것은
오리랑 강아지들이다
그래서 당나귀는 언제나 만족스럽게
결코 크게는 웃지 않고
잠자코 일을 한다

당나귀여
귀를 움직이고 방울을 울리면서
조용히 길을 걷는 귀여운 당나귀여
너의 얼굴은 인간보다도 생각이 깊은 얼굴이구나

너의 눈은 인간보다도 선량한 상이다
프랑스의 시인은
너와 나란히 천국에 간다고 노래했지만
당나귀여
나는 너와 함께
휘파람 불며
별이 뜬 들길을 간다

해질녘의 악보

후지타 기미에(藤田君枝)

날이 저문다 하늘이 피곤하다
대지는 조용히 눈물을 머금는다
공기가 부딪히는 소리가 난다
소리 나지 않는 촉각을 기울이는 곤충이 있다
어린 풀이 푸른 색 한숨을 내쉰다

나는 몸을 일으키고 멍한 눈동자를 허공에 던진다
그리고 머리를 힘껏 흔든다
손바닥이 차갑다
서로 단단히 얽혀 있으면서도 열 손가락은 고독하다

나는 노을에게 초대받아서 위치를 바꾼다
볼이 차갑다
입술은 바람에게 끊임없이 도둑맞고 있었다
가슴의 무대에서 기억의 무리들이 난무하고 있다

빛이 떨어진다 하늘은 신음한다
흙은 잠들기 시작한다
기류는 힘차게 몰아친다
풀은 깊게 몸을 움츠린다
해질녘

노래가 없다면

야마모토 스미코(山本壽美子)

서로의 것 두 개의 장미
하지만 사랑스러운 비상(飛翔)은
향기로운 기류에도 섞여버린다
아아
새록새록 향기 나는 계절 속에서
봉인한 과실(過失)을 끄집어내는 것은
진한 향기 풍기는 풀고사리보다도
옅은 마음 뜻하지 않게 파란 여운이 된다
향기 없는 꽃의 죄는
식물원의 상쾌한 프레임 근처에서
쓸쓸한 수다를 계속할 수 있었다

노래가 없다면
오히려 더 행복이 있다
조우여
정신의 늦은 조찬은
날이 저물며
사람 사는 세상의 근심—
비용29)의 노을에

새로운 사랑은 되살아나고
상처 받은 입술에도
그리운 사랑은 받을 수 있다

---

29) 프랑수와 비용(François Villon, 1431~?) 프랑스의 시인. 중세 최대의 시인으로, 방랑과
투옥을 되풀이하는 생애를 보냈다. 저서에 시집 『유언서』가 있다.

여행

김경희(金景熹)

여울이 용솟음치고 폭포의 물보라가 진동치는 대로
꽃들이 모여 피어 있는 지대를 가로 질러

지표의 띠를 구르면서
나는 여행을 간다 조용한 여행을
고정된 하나의 좌표를 차지하는
지축 같은 한 줄기 기체를 만지면서

초원은 잔잔히 할 일을 하고
마을 마을은 지붕이나 한 톨의 밥알을 확인한다 이
넓은 하늘의 느긋한 빛을 쐬면서
나는 날아올라 나비들과 어울리고
바람이 되어서 아카시아의 냄새를 풍기게 하고
굉굉한 기차의 증기가 되고

아 마침내 나는 월계수의
넓은 하늘을 향한 나뭇가지가 되어
조용한 수액을 빨아올리고
이 지대에서 열린 축제를 축복하고
송가(頌歌)로 바뀔 여행이다

애가(제1가)

조우식(趙宇植)

친한 자가 죽었다.
사랑의 상실, 신앙의 정신은 승화되었다.

새로운 사원을 배회하는 비구니승의 무리
숭엄함과 경건함을 내장해서 생활하고
미식으로 배를 채우고 축제를 갖는 자……
모든 것은 위장된 상이다.

I
지진처럼
마을을 흔들고
삼림을 구릉으로 이끌며
수많은 호수는 매립되고
드러난 가슴에 구원의 신화
유구(悠久), 조상의 영혼은 오열한다.

조국의 은신(隱身)이여
운명의 비둘기가 온순하게 날갯짓하고
죽은 어머니 눈에 기도를 담아

묘지로 날아가네
침통한 사실이여
친구들이여, 눈물을 닦고 청춘을 걸고
이 저주 받은 축제의 밤을 위해서…
잔을 채우고
맥박 뛰듯 피를 쏟으며
위대한 전통의 유린을 경시해야 한다

하지만
이 지진
둔감한 발자국에 남겨진 각각의 생명과
새로운 희념(希念)의 시간은 언제 기념되어야 하는가?…

변전하는 보행, 지친 일상…
노래를 망각한 아이들과
청춘의 신경은 착란하였다.

오! 정신의 봉화는 지펴지고
항만의 풍습은 허무하게 흘러가
오! 역사의 바다에 아버지의 혼은 포효한다.

Ⅱ
가을날 곡식의 이삭은 계절을 수놓고
넓은 들녘에 수확의 열매는 넘치며
풍년의 깃발은 흘러

다채로운 노을의 위요지(圍繞地)에
어족의 창고가 영원한 행복을 만가(輓歌)로 노래한 해저에…
방랑의 노래가 소용돌이치고
마을에 동네 사람들의 모습이 늘어 간다.

오! 신이시여
유순한 부모들의 눈물샘을 붉게 물들이며
이 지진을 계속 일으키고 있는 자는 누구인가…
가족의 사랑으로 타오르고
분노에 모든 것을 태우며
성스러운 암흑이 만조의 시각과 함께 밀려들어 온다면
경건한 기도는
선향처럼 불타서
연기를 내뿜는 범선(帆船)에는
영원히 슬픈 노래가 물들어 간다.

풍만하게 살아가는 생선 장수 한 명의 인정은
역사의 체념과 함께 규칙처럼 계속된다
오! 거룩한 밤이여!
축제를 장식하는 자손들의 외침은 언제나 멈출까…
노쇠의 세월이 흘러
감미로운 노래는 저리고
운명의 샘, 선량한 생명의 항만은
고갈되도다
상실된 의지

변모한 육체
전통의 물가는 좌절하였다
가슴을 치는 조류, 수액을 토하며 분개하는 삼림
푸른 초원에 낭만의 휘파람은 승천하였다

오! 양손을 흔들고 또 흔들며
마을 사람들의 손가락 끝은 떨렸다
위대한 사색, 숭엄한 노동의 전개,
축복받은 동방의 방인(邦人)들이여
산다는 것의 의미는 우리 가문(家紋)과 함께 살고
밤 뻐꾸기의 지저귐이 시간의 계곡을 따라 흐를 때
선량한 우리들의 가슴 속을 때리고
목젖을 적시는 자는 누구인가……

청빈의 정신이 육체의 내면을 순회하여
영원, 조국의 역사를 넘쳐나며 약동하는 청춘의 호흡.
부귀한 장난은 우리들의 눈을 슬프게 하고
돌아가신 아버지가 유언으로 새기신 말은
살기 위해서는 겸허해지라는 것
거칠고 촌스럽더라도 사랑할 것.
지금은 환상을 좇고 씩씩하고 새로운 생명의 샘을 찾는다
노래할 때마다
고고하게 키워져 울부짖는 영혼의 송가여…
모든 것들이 응고된 고담의 규칙에 혼자 고민하고
혼란스러운 풍속을 향해서

두 손을 번쩍 들어 집요하게 신생을 약속하는 눈이여

오!

사랑하는 이들이여-

심오한 추측의 가슴에 청량한 건설을 품고

흑조(黑潮30)) 사이로 재산과 전통을 걸고

여기 민족의 싹은 솟고

풍습은 발전하고

만상(萬象)의 낭만은 진화한다

(미완)

---

30) 구로시오해류. 필리핀 동쪽 해역에서 발원하여 대만의 동쪽, 일본의 남쪽을 거쳐 북위
35도 부근에서 동쪽으로 굽어 흐르는 해류.

시 혹은 시인에 대해서

아마가사키 유타카(尼ヶ崎豊)

꽤 오래 전의 일이다. 어느 문예잡지가 프랑스의 중견작가들에게 '왜 쓰는가?'라는 앙케이트를 돌리고, 이에 대한 작가들의 대답을 게재한 것을 나는 기억하고 있다. 이들 대답을 보면 거기에는 발레리[31]의 '안일하기 때문에 쓴다.'라는 대답을 비롯해서 '쓰고 싶기 때문에 쓴다.'와 같은 매우 간단하고 비슷한 말투의 얼버무리는 듯한 대답이 일제히 올라왔다.

이 '안일하기 때문에 쓴다.'라는 발레리의 말, 또는 '쓰고 싶기 때문에 쓴다.'는 대답은 너무 짧아서 그 진의가 무엇인지 바로 판단하기 어렵게 느껴졌다. 하지만, 이 대답에 대한 적합한 판단을 내리기 위해 우리는 보들레르의 다음과 같은 말을 상기해 보아야 한다.

"가령 조금이라도 자기 자신에게 침잠하여 자신의 영혼을 탐구하고 정열의 기억을 환기하고자 한다면 시는 시 그 자체 일뿐 아무것도 아니다."

"시는 시 이외의 목적을 가져서는 안 된다."

"어떠한 시라 하더라도 시를 짓는 쾌락만을 위해서 지어진 시만큼이나 위대하고 숭고한 것은 없다."

"시는 생사를 걸어도 과학이나 윤리성과 동화할 수 없다."

"시는 진리를 위한 것이 아니다."

보들레르의 이와 같은 말을 나는 앞서 서술한 발레리의 '안일하기 때문

---

31) 폴 발레리(Paul Ambroise Valéry, 1871~1945)는 프랑스의 시인, 평론가, 사상가.

에' 혹은 '쓰고 싶기 때문에'라는 대답이 주는 의미와 일맥상통하는 것으로 해석할 수 있다고 생각한다.

그렇다면 이상과 같은, 상통하는 한 가지 뜻을 지닌 말이 우리들에게 암시하는 바는 무엇인가. 생각건대 이는 오늘날에 이르기까지 프랑스 시단을 풍미한 시인의 본심이자 생활이념이었다는 것이다. 이는 아마도 나만의 판단은 아닐 것이다.

여기서 우리는 다시금 다음과 같은 생각을 하지 않으면 안 된다. 즉, 발레리나 보들레르가 고명한 시인으로서 세상 사람들의 사랑을 한 몸에 받고 있다는 것을 우리는 인정하지만, 우리가 이를 추구하고자 할 때 결국 그들의 경향이 너무나도 시에 있어서의 안이성, 쾌락성, 무목적성에 편중한 것은 아닌가 하는 생각을 하게 된다. 그들이 그토록 희구하였던 궁극적인 목적은 결국 단지 협의의 미, 소위 미학의 미에 지나지 않았나 하는 의문이다.

원래 시인이 갖는 특징이 미적 정조이자 풍부한 감수성임에는 틀림없지만 이것만으로 끝나는 것은 결코 아니다. 하지만 그들은 이 감수성에만 취해 버린 것이다. 그들은 너무나도 미적 외상에 접근하여 정신없이 인간 사회에서 이탈하고 취미의 껍데기 안에 숨어 버리려고 하였다. 그리고 자기 패잔의 도피처를 예술이라 칭하고 시라고 부르며 결국에는 자신의 영혼을 물적인 장난감으로까지 떨어트려 버렸다.

탐미주의에 대한 경도, 유미주의에의 혹닉, 나쁜 의미의 미학주의적 타락, 이렇게 해서 동시에 필연적으로 그들은 사회사상을 망각하지 않으면 안 되었다. 정치행동에서 멀어지지 않으면 안 되었다. 자연과학을 향한 동경도 내팽개쳐야했다.

추측건대 보들레르 혼자만의 문제가 아니라 발레리도 와일드32)도 그리고 셜리,33) 랭보,34) 모파상35) 요컨대 프랑스 시인이라고 불리는 시인들은 거의 대부분 아마도 그들의 시가 그들의 국가 사회와 어떠한 연관도 관계도 갖고 있지 않다고 함부로 잘못 믿고 있었음에 틀림없다. 그들은 사회가 통일적인, 일반적인 기준을 요청하고 있음에도 불구하고 시인은 어디까지나 자기 자신만을 위한 독자적인 법칙과 기준을 필요로 한다고 어리석게 생각하고 사회의 유효한 목적을 달성하는 협동체 내부에 있어서의 주요 세포로서 존재하는 시인을 몰랐던 것이다.

천부적인 재능과 지혜를 갖춘 시인이라면 환경 전체를 무시하고 독선적인 행위를 할 권리를 하늘에서부터 받았다고 스스로 인정하여, 그들은 사회나 국가와는 당연히 절연하고 살아가야 하는 것이라고 단정했었다. 극단적으로 말하자면 한 명의 천재적인 시인이라고 하는 것은 그 작품의 자유분방한 창조를 위해서는 법률도 무시하고 살 수 있고, 이를 위해서는 어떠한 악덕 행위를 범해도 반드시 허용된다고 확신까지 하고 있었던 것 같다. 그 증거로 그들은 자주 자신들의 고향을 버렸다. 자주 사회로부터 도피하였다. 자주 국가로부터 도피하였다. 이러한 그들 앞에 기다리고 있었던 결과는 무엇인가. 내가 대답해 보자면 그것은 그들의 조국 프랑스의 멸망이고 민족 최대의 비극적 운명이었다.

얼마 전에 『요미우리신문(讀賣新聞)』에 이런 말을 쓴 사람이 있었다. '앙드레 모로 라는 남자가 "프랑스 지다."라는 글을 썼는데, 그 또한 프랑스를 지게 한 원인 중의 한 명은 아니었을까?'라고. 지당한 말이 아니겠는가? 하지만 내 입장에서 보자면 이는 모로 한 명에 한정된 이야기가 아니

---

32) 오스카 와일드(Oscar Wilde, 1854~1900)는 아일랜드 시인, 소설가 겸 극작가이자 평론가.
33) 퍼시 셸리(Percy Bysshe Shelley, 1792~1822)는 영국 낭만파 시인.
34) 랭보(Jean-Arthur Rimbaud, 1854~1891)는 시인. 말라르메와 더불어 프랑스 상징주의의 대표적 시인.
35) 기 드 모파상(Guy de Maupassant, 1850~1893)은 19세기 후반 프랑스의 소설가. 장편 『여자의 일생』은 프랑스 사실주의 문학이 낳은 걸작으로 평가된다.

다. 프랑스 국가, 그 중에서도 프랑스 시인들의 너무나도 잘못된 지난날의 문학적 신념, 창작 태도야말로 오늘날의 프랑스 최대의 불행을 가져 온 큰 원인이라 할 수 있다.

우리들은 조용히 우리 자신을 자성해 봐야 한다. 지금 우리들은 문학이 특히 시가 일국을 쇠망하게 한 원인의 좋은 예로서 프랑스의 발자취를 보고 잘못된 탐미주의적 경향이 결국 민족 파괴를 촉진하는 작용을 연출하고 말았다는 사실을 긍정할 수 있다. 우리는 전술한 바와 같은 시인의 생각이나 행동이 얼마나 어리석고 우스꽝스러운 지를 통감하면서 이는 나아가 국가를 위해서 사회를 위해서 결코 용서받을 수 없는 죄악이었다는 것을 깨달을 것이다.

우리는 '일본시인'이라는 영광스러운 명칭으로 불리는 시인이다. 따라서 우리들 중에는 이 조국과 유기적으로 연결되어 있지 않다는 불손한 생각을 갖는 사람은 한 명도 없을 것이다. 우리는 우리 사회 근저의 모든 문화재, 모든 전통, 신화, 언어, 풍속, 습관 등을 결코 소홀히 하지 않고, 나아가 한 층 더 이를 밝히려고 노력하지 않으면 안 된다.

우리는 우리들의 시가 갖는 가치를 절대적인 것으로 우러러본다. 결코 '안일하기 때문에' 쓰는 것이 아니다. 쾌락의 대상으로서 쓰는 것이 아닌 것이다. 시를 과학이나 윤리성과 분리시키려는 것이 아닌 것이다. 시를 위한 시라는 좁은 영역에 시를 가둬 두려는 것이 아닌 것이다.

우리들의 시는 영혼의 전령이다. 절대적인 힘을 갖고 있는 것이다. 우리들의 시는 곧바로 시대사상을 반영하고 그 시대사상을 선도하는 중요한 추진력이 되는 것이다. 우리들의 시는 문화의 최고봉에 위치한다. 시는 일국민, 한 민족, 아니 인류로부터 가까이에 있고 멀어질 수도, 없어서도 안될 근간이자 나아가 한 나라의 운명을 좌우하는 힘을 갖고 있다. 시는 정치를 지도하고 종교, 교육, 예술, 전쟁, 이 모든 것을 유도하는 원천이라고 할 수 있다.

이와 관련해서 나는 지난 5월 26일 도쿄에서 개최된 일본문학보국회 창립 총회 석상에서 오쿠무라(奧村) 정보국차장의 말을 떠올리지 않을 수 없다.

"위대한 창조전쟁에 창조력이 충만한 문예가의 기운과 노력에 기대하는 바가 크다. 정부는 결코 문예를 정책에 이용하고자 하는 것이 아니다. 그리고 결코 문예의 효용만 노리고 있는 것이 아니다. 문화문예는 정치의 도구가 아니라 깊은 의미의 정치 그 자체인 것이다. 지금의 거대한 정치가 그 영혼을 기대하고자 하는 것은 세계관, 일본관이며 이는 문예문화가 주는 힘에 의해서만 근원적으로 파악할 수 있고 결국은 전개할 수 있는 것이다."

여기에 활짝 열린 우리들의 길이 있지 않은가? 여기에 매우 눈부신 축복을 받은 우리들의 전도가 보이지 않는가?

문예가, 시가 깊은 정치 그 자체라는 것의 의미를 지금이야말로 우리들은 확실히 자각하지 않으면 안 된다. 나는 정치의 비결은 필경 민족정신의 진흥에 있다고 믿어 의심치 않는다. 민족정신이라는 말로 부족하다면 국민정신이라고 해도 좋다. 신민정신, 황민정신이라고 해도 좋다. 요컨대 내가 말하는 민족정신이 진작되어 넘쳐흐른다면 그 때는 이미 세세한 법률도 필요 없다. 번거로운 정치기구도 필요 없다. 단지 법문 3장으로 충분할 것이다. 이 주장은 결코 이상한 것이 아니다. 이는 우리가 로마나 스파르타, 바빌론의 흥륭기의 역사를 자세히 관찰한다면 쉽게 납득이 가는 바이다.

헤르만 헤세36)에 의하면, 일전에 조국이 중대한 사항에 직면하여 이에

---

36) 헤르만 헤세(Hermann Hesse, 1877~1962) 독일의 소설가, 시인. 단편집, 시집, 우화집, 여행기, 평론, 수상(隨想), 서한집 등 다수의 간행물을 썼다.

대한 결정을 내리느라 내무대신이 골치를 앓고 있자 '반드시 괴테의 시를 읽고 결정해라.'라고 요망하는 공개장을 발표했다고 전해지는데, 이 시인의 행위는 매우 공명할 만하다. 나는 훌륭한 시인의 시 속에는 반드시 개인을 훨씬 넘어선 뛰어난 지혜의 깨달음이 있다는 것을 확신해서 한 세대의 정치가, 한 시대의 지도자가 될 사람은 이러한 시의 참 뜻을 이해하지 못한다면 그 자격이 없다고 생각한다. 위대한 시는 반드시 위대한 민족 앞에 있고, 빛이 있는 시는 반드시 빛나는 시대를 선도한다고 단언하고 싶다.

"나는 이러한 위대한 시대를 만나 환경이 허락한다면 정치가로서 일어서고 싶은 의욕을 느낀다."이런 감흥을 말한 시인이 있다. 아마도 본심에서 우러난 말일 것이다. 나는 이 사람의 심경을 충분히 이해할 수 있다. 아마도 이런 가인의 작품은 (그것이 마음 속 깊숙이 우러나온 말임에 틀림없다면) 무조건 훌륭한 노래일 것이라고 생각한다. 나는 이 웅혼하기 비할 데 없는 역사의 한 가운데에서 호흡하면서 이러한 심경에 한 순간이라도 도달할 수 없는 시인, 가인은 없을 것이라고 생각한다. 만약 있다면 그는 진정한 의미에서 뛰어난 시인, 가인의 부류에 속하는 자라고 할 수 없다.

물론 나는 일률적으로 시가 정치 그 자체라고 주장하는 것은 아니다. 시가 도덕이라고 하는 것도 아니다. 시가 종교라고 하는 것도 아니다. 하지만 내가 자신있게 할 수 있는 말은, 시가 도덕이나 종교, 정치, 철학, 전쟁 등 모든 것과 하나로 연결되어 살 때의 오성(悟性)의 길이라는 것이다.

시는 영혼의 전령이다. 시는 정신의 전부이다. 따라서 모든 정신에 앞서서 모든 정신을 관장한다.

시에 있어서의 영웅성

도쿠나가 데루오(德永輝夫)

　사람은 살려고 하는 의지를 어디까지 뻗칠 수 있을까. 혹은 어디까지 억누를 수 있을까. 이 문제와 관련하여, 나는 「환경론과 의지론에 대한 한계와 그 검토」라는 논문을 집필 중이다. 돌에 깔린 잡초도 해를 찾아 굽으면서 위를 향해서 뻗어간다. 루소[37]는 그 교육론 『에밀』[38]에서 '나는 아픈 아이를 교육하고 싶지 않다. 인간은 병을 고치려 한다든가, 죽음의 공포에 항상 떨고 있는 자가 살려고 하는 것, 병, 죽음의 관념으로 이중으로 부담을 가져서는 견뎌낼 수 없다. 단지 건강한 자만 살라. 이생에서 승려의 설교와 의사의 처방과 학자의 이론 이 세 가지가 인간의 마음을 타락시킨다.'라고 통탄하고 있다. 또 이런 말도 했다.

　"위험을 모르는 자는 아무도 무서워하지 않는다."

　"모든 정열은 유약한 신체에 머무는 것이다."

　"인간의 최초의 상태는 빈곤과 나약함이기 때문에 인간이 최초로 내는 소리는 불평과 울음소리이다."

　맞는 말이다. 자기 자신만을 표현하는 자는 감성적으로 약자이다. 종교에 의지하고 의사에게 의지하고 구실에 의지하는 것은 많은 경우 감성적 약자이다. 사항을 표현하고자 하는 자는 스스로를 단단하게 한 의지가 강

---

37) 장 자크 루소(Jean Jacques Rousseau, 1712~1778)는 프랑스의 계몽사상가이자 철학자, 사회학자, 미학자, 교육론자.

38) 『에밀(Emile)』 장 자크 루소가 1762년에 출판한 교육론으로 총 5편이며, 에밀이라는 아이의 출생부터 25세가 될 때까지 받은 교육과정이 주된 내용을 이루고 있다.

한 자이다. 실로 과거의 문학자는 보들레르에 심취하고 포[39]를 기뻐하며 퇴폐적인 개인주의, 관능적인 것에 너무 취해 있었다.

독일의 오이켄 박사는 '사람은 진리에 의해서 활동하는 것이 아니라 활동에 의해서 진리를 획득하는 것이다. 즉, 진리는 활동에 의해서 체득되는 것이지 결코 사고에 의해서만 결정되는 것이 아니다. 인간은 자연주의자가 보는 자연의 노예도 아니고, 지력주의자가 보는 사고의 노예도 아니다. 인간의 생활은 인간의 것이다. 자아 안에서 정신생활이 현현한다. 이것이 인격 즉 인간의 형성이다. 따라서 생의 의의는 끊임없는 활동에 의해서 정신생활을 유지해 가는 것이다.'라고 말하고 있다. 나는 심리학에서 말하는 '자극 흥분의 학설'을 믿는다. 이것은 나의 독단일지 모르겠으나 욕망이 어떠한 형태로든 충족될 때 마음은 흥분하고 만족을 느낀다. 즉, 외부의 자극은 무엇이든지 좋다. 단지 욕망을 자극할 수 있는 것이면 된다. 따라서 아나키스트들의 자유관은 현실적으로 충족할 수 없는 욕망에 대해 '관념의 자극'으로 만족하고 있는 것은 아닌가 싶다. 이것이 더 깊어지면 성직자처럼 자기 스스로를 자극하고 스스로 독소를 발산하면서 중독되는 '자기 자극설'이 되는 것이 아닌가 싶다. 그렇게 되면 활동력을 모두 잃게 된다. 문학도 '자극설'로 설명할 수 있다. 나는 문학관에 대해서 '촉각의 문학'이라는 것을 생각해 보았으나 어쨌든 현실적으로 충족할 수 없는 욕망을 '관념의 자극'으로 만족하는 것은 좋지 않다.

의지에 관해서 쇼펜하우어[40]는 인생에 대한 절세(絶世)의 세계관을 갖고 있었고 니체는 강력한 의지의 현현으로 천재론까지 주장하였다. 결국, 시에 있어서의 감정과 의지의 문제는 범용주의와 영웅주의의 관계로 설명할

---

39) 에드거 앨런 포(Edgar Allan Poe, 1809~1849)는 19세기 최대의 독창가로 꼽히는 미국의 시인, 소설가, 비평가.
40) 아루투어 쇼펜하우어(Arthur Schopenhauer, 1788~1860)는 독일의 철학자. 관념론의 입장을 취하였고, 염세관을 주장하였다.

수 있다. 즉, 범용주의라는 것은 자연주의적 기계설에서 출발한 '인간은 평범한 것이다. 결국 무엇을 생각하고 무엇을 하고자 해도 고뇌만 하고 있을 뿐 아무것도 하지 못한다'라는 일종의 숙명적 체념에 입각한 것이다. 한편, 영웅주의라는 것은 하나의 관념론이다. 신낭만주의이기도 하다. 이것을 현실화하고자 하는데 정치와 같은 힘의 문제가 일어나고 이상적인 것이 현실화되면서 투쟁이 되는 것이다. 전쟁도 일종의 영웅주의의 산물이다.

오늘날은 이미 감정의 시대에서 의지의 시대로 전환하고 있다. 정신병적인 시인이 달을 향해 울부짖었던 시는 완전히 멸망했을 것이고 충실성이 결여된 유한파도 점차 엄밀한 자기비평을 해서 각성하지 않으면 안 될 시기가 된 것이다. 시대는 비약하였다.

시는 이름을 원하되 금을 원하지 아니하고 퇴폐나 환상의 대명사도 아니다. 실로 자기 포부를 사회에서 실현시키고자 하는 정신력 - 영혼의 표현이어야 한다. 즉, 과거의 범용주의는 망해도 좋다. 새로운 영웅주의를 갖고 있는 자가 시에 군림하며, 적어도 서양시의 모방을 배척하고 새로운 일본정신에 의한 일본주의 시를 발표해야 할 시대이다. 이들 시는 우선 일본정신의 자각에서부터 출발하여야 한다. 그 정신이 시를 창조함으로써 일본시의 문화사적 의의가 확연히 눈에 띌 것이다.

대상의 파악에 대해
─시(詩)/시인론(詩人論) 1 ─

시로야마 마사키(城山昌樹)

대상을 파악하는 능력이 빈곤하다는 것은 감수성이 발달하지 않았다는 말이다. 감수성이 발달해야 비로소 대상을 파악하는 능력이 주어진다.

고로 감수는 파악 이전의 것이며, 파악은 표현, 묘사 이전의 것이다.

그 프로세스 여하가 작품의 여하를 결정한다. 감수는 수동적인 것이다. 고로 예술가가 아니라도 애호가라면 체험할 수 있다. 아니 아무나 모두 체험할 수 있다. 파악은 능동적이다. 파악은 감수보다 의식적이며 적극적이다.

파악을 위해서는 작가의 오리지널리티가 필요하다.

왜냐하면 파악은 표현하고 묘사하고자 하는, 창작의욕의 발동을 의미하기 때문이다.

대상을 파악하고자 하는 의식은, '창작을 하겠다.'라는 자기선언이다.

이러한 자기 선언은 자기 선언임과 동시에 예술가 자신의 자기 편달이다.

이러한 자기 편달은 예술가 자신이 고민하는 것이었다. 바쇼(芭蕉)[41]는, '마쓰시마(松島)여 아아 마쓰시마여 마쓰시마여'라는 한 구를 짓기 위해 얼

---

41) 마쓰오 바쇼(松尾芭蕉, 1644~1694)는 에도시대 전기의 하이쿠(俳句) 작가. 일본사상 최고의 하이쿠 작가, 하이쿠 성인으로 알려져 있으며, 제자 가와이 소라(河合曾良)를 데리고 1689년 5월 16일 에도를 출발하여 도호쿠(東北), 호쿠리쿠(北陸)를 돌아 기후(岐阜)까지 여행하고 쓴 기행문 『오쿠노호소미치(おくのほそ道)』가 있다.

마나 고민하고 얼마나 탄식했을까?

애걸하는 듯한 이 구절을 안이하게 감탄하며 칭찬하는 것은 실로 방관자적 애호가가 아닌가? 마쓰시마여 라고 하고서는, 다음 구를 생각하기 위해 머리를 짜내는 바쇼의 얼굴이 우리의 눈앞에 떠오르지 않는가? 마쓰시마여 아아 마쓰시마여 마쓰시마여에 감동이 그대로 남아 있다고 할 수 있지 않을까?

대상을 파악하는 능력의 파산이란 말은 있을 수 없는 것일까? 표현하고 묘사하는 테크닉의 포기로 보면 안 되는 것일까? 만약 바쇼가 아닌 일개 무명 하이쿠 작가가 '마쓰시마여 아아 마쓰시마여 마쓰시마여'라고 읊었다면 어떠했을까? 세상 사람들은 그래도 역시 명구라고 했을까? 애호가류의 동정이 바쇼의 마쓰시마여라는 작품을 유명하게 만들었다고 할 수는 없을까? 이러한 고찰은 바쇼와 그 작품만이 아니라 현대의 예술가와 그 작품에도 해당될 것이다. 가장 알기 쉬운 예는 회화에서 낙관이 작품에 미치는 힘이다. 작품보다 작자의 이름으로 팔리는 회화. 얼마나 슬픈 일인가? 그것을 이용하여 제자에게 그리게 한 그림에 선생이 서명을 하는 악습이 만연한 시대도 있지 않았던가? 빈 화폭에 서명한 것과 무슨 차이가 있을까? 이와 같은 작품 평가상의 불안은 누구에게 책임이 있는 것인가? 감상을 하는 입장에 있는 사람에게 책임이 있다고 나는 생각한다.

대상의 파악은 감동이 너무 크기 때문에 불가능한 경우가 있다. 왜곡하여 파악하는 경우도 있다. 바쇼의 마쓰시마여 라는 작품이나 요즘의 전쟁시(전부라고는 할 수 없지만)는 그런 좋은 예이다. 감동이 너무 클 때 예술가는 그 대상에게 패배하고 만다.

그럴 때 그 대상을 파악하고자 하는 의식이나 노력을 포기해서는 안 된다.

순간적으로 느끼는 인식을 표징(表徵)하는, 즉 인상을 문자나 말로 보존

하는 것만이 시인의 할 일이라면, 대상을 파악하고 표현하고자 하는 의식이나 노력은 필요 없을 지도 모른다. 그러나 시인이 시를 짓는 것은 그렇게 간단한 문제가 아니다. 인상을 문자나 말로 보존하는 것뿐이라면, 시를 지을 필요가 없다. 오히려 산문이 편리할 지도 모른다. 시를 짓는다는 것은 적어도 자신과 다른 사람의 정신생활의 순수성을 옹호하고, 그 순수성을 모든 생활에 매개하기 때문이다. 그 사실을 모르고, 시는 마음의 솔직한 표현이며 마음의 발현이라고 큰소리 쳐도 소용없다.

천하는 실로 봄이로다.
구름은 저 높이 아득하고,
도네가와(利根川) 강변 아카시아 숲과 복사꽃밭을 떠도네.
된장국 끓일 냉이를 캐고 뱀밥을 뜯고.
아름답기 그지없는 장미 싹을 뜯고.
수목과 풀에서 새로운 정신이.
그것들은 부드럽고 따뜻하게 타오르고.
대여섯 마리 새들은 눈부시게 푸르른 하늘을 스치고.
흘러가는 그 방향 아득하게.
눈 내린 아사마(淺間)[42]의 분연(噴煙)[43]이 나뭇가지가지의 십자가 사이를 지나네.
벌레들도 하늘로 뛰어오르고 싶은 이 날씨에.
아아, 실제로.
뱀밥 머리의 번식작용이라니.
조급히 물을 빨아올리는 수목 내부의 활동과 산들거리는 바람.

---

42) 아사마야마(淺間山)를 말함. 나가노(長野)·군마(群馬) 현 경계에 있는 중식 성층 활화산.
43) 화산 따위가 뿜어내는 연기.

나른한 기쁨의 음악은 가득차고.

이 시는 내가 가장 경애하는 시인 구사노 신페이(草野心平)[44]가 「봄」을 노래한 시이다. 이 얼마나 적확한 대상 파악인가? 적확한 대상 파악과 새로운 서정의 방법. 참으로 평화로운 봄날의 강가가 묘사되고 있지 않은가? 화창한 봄볕을 받으며 시냇가에 누워 있는 시인의 예지(叡智)에 찬 눈동자가, 신생하는 모든 상을 응시하고 있다.

서정의 동기는 현실에 의해 촉발된다. 현실을 부정한다고 하는 서정의 결의는 완전히 부정하지 못하고 있음을 의미한다. 왜냐하면 서정하기 위해 대상을 파악하기 때문이다. 대상을 파악했기 때문에 서정하는 것이 아니기 때문이다.

구사노 신페이의 「봄」을 읽으면 누구라도 수긍할 수 있는 사항이다.

창작의욕이 발동하지 않는 곳에 대상을 파악하고자 하는 의식이나 노력은 있을 수 없다. 릴리시즘의 영역을 확대하기 위해서도, 대상을 파악하고자 하는 정열을 우리들은 늘 자기 가슴속에서 태우고 있어야 한다.

릴리시즘 영역의 한정은 대상을 파악하고자 하는 정열을 냉각시키고, 결국은 매너리즘의 범람을 초래한다. 고로 발전성이 없어지고 시대적 감정의 차단이나 질식과 같은 자살행위로 몰아가는 것이다.

---

44) 구사노 신페이(草野心平, 1903~1988)를 말함. 시인. 후쿠시마현(福島縣) 출생. 중국 영남대(嶺南大) 중퇴. 서민적 생명력이나 반항정신을 개구리에 비유한 「제백계급(第百階級)」 외에 시집 「모암(母岩)」, 「개구리(蛙)」 등.

좌표 8월

☆이 좌표는 우리들의 포스트이다. 이 포스트는 앞으로 우리들의 이야기를 풀어내는데 큰 위치를 차지할 것이다.

시인들은 앞으로 이 좌표에 대고 자유롭게 이야기하기를 바란다. 이는 각인각색으로 이야기를 할 수 있도록 개방해 놓은 포스트이다. (매수는 200자 2매)

☆8월 30일은 남대문로 지요다(千代田) 그릴 다방(총독부 도서관 방향)에서 오후 1시부터 시인들의 모임을 갖습니다. 그 날은 시 낭독, 고전연구에 대해 이야기했으면 합니다. 될 수 있는 한 많은 참가 부탁드립니다.

☆앞으로는 확실하게 10일 발행을 약속합니다. 원고는 전월 5일까지 제출할 것.

☆시인 아마가사키 씨에게 경사가 있어, 이 시인의 미래에 축복을 보낸다.

일상의 변모에 대해

조우식(趙宇植)

어제도 길모퉁이 과자집에는 무수한 국민남녀 제씨가 현명한 눈알을 번득이고, 귓전을 울리며 물건을 파는 장사치의 숨소리를 조용히 응시하며 줄을 서서 조금씩 조금씩 앞으로 나아갔다. 실제로 이와 같은 일은 경원시할 도덕이겠지만 역시 불순한 생활의 방도는 모든 것을 망각하면서까지 질서를 지으려 한다. 아름다운 장발에 꽂힌 청초한 은방울꽃 조화가 몹시 균형 잡힌 원피스의 뒷모습과 함께 슬프게 빛나고 있다.

젊은 어머니가 귀여운 제 자식을 위해 바치는 애정과, 동년배 남편을 청춘을 걸고 모든 것을 바쳐서 전장으로 보낸 국가에 대한 애정과 비교할 때 어느 쪽을 더하다 해야 할지. 이와 같은 밀접한 사랑의 문제가 초래하는 사회성이 우리들에게 생활이 초래하는 전시 하의 의식을 얼마나 생각하게 했던가?

행렬의 추악함을 무시하면서까지 감히 행하고자 하는 각박한 생활에 대한 의욕을 나는 우선 어떻게 생각해야 할까!

모든 정신의 허위에 의해 살아가는 자에게 남겨져야 하는 것은 얼마나 아름답게 포장된 꽃들인가?

이와 같은 현실적 생활 속에 내던져져 있음을 생각할 때, 문화(文化)하는 자가 시를 쓰는 것은 우선 무엇에 의해 구원을 받을 수 있을까? 내부에서 자신을 구원하는 것은 외부로 표현할 수 있는 청렴한 봉사의 현현(顯現)이다. 구원받는 자기의 모습은 현실의 모든 왜곡된 도덕에서 결연히 벗어나는 것이며 슬픈 행렬에 의해 보여 주고자 하는 애정의 포기이다.

고통을 초극하는 열락(悅樂)은 고통 속에서 비로소 개화되는 것이며, 정신의 위기는 기도에 의해 비로소 구원받는다.

현대인의 수많은 고통을 구원함으로써 표현해야 할 것은 국가의 새로운 축제를 향해 몸을 내던지는 헌신적 모습이다.

민족 본래의 전통은 '임무' 의식이며 폐하에 대한 헌신이다.

'선(禪)'의 심오한 이치가 '무(無)'에 의해 이루어져 있음도 우리는 잊지 않고 있다.

자신만의 '희망의 만끽'은 잔해로서의 서구사상이고, 자비스러운 동양사상의 희망은 고통이며, '무'에 의해 비로소 구원을 받는 것이다.

일견 위기처럼 보이는 생활의 구원에 의해 내부에서 영그는 풍요로운 정신의 과실은 국가의 축제를 위해 방사(放射)되는 헌신적 산화(散華)이다.

문득 그렇게 생각하다 보면, 전장에 대한 동경을 노래하기보다 우리 주위를 늘 감싸고 있는 '일상의 변모'에 대해 국민들이 빛나는 눈동자를 비추며 찾아내어 노래하도록, 꿈 많은 불순한 일부시민의 숨결을 향해 노래 불러야 한다.

이러한 점에 새로운 국민시의 일측면이 있는 것은 아닐까? 늠름하고 아름다운 언어가 현실의 상징을 노래하는 것도, 피를 흘리고 피와 땀이 육체를 뒤덮는 전장의 현실을 기록하는 것도 모두 국가에 대한 임무가 아니고 무엇이겠는가?

나는 이와 같은 노래의 진수가 행렬하는 제국민의 눈물샘을 자극하는 날이 하루라도 빨리 올 것을 굳게 믿는 바이다.

×   ×   ×

마음의 위기를 만났을 때 구원을 해 주는 것은 신앙이다. 기도의 위대한 구원은 영원한 가상(架像)으로서 인간을 겸손하게 하고, 보다 헌신적인 고통의 세계로 끌고 가지만, 그 고통에 의해 심화되는 '공(空)'의 심경은 고상한 본능의 휴식을 준다. 전쟁시의 격렬한 감정의 토로는 자신을 '무'로 한 후에 행해야 할 것이다. 시인의 헛된 주지적인 언어의 외침만으로는 도저히 전쟁하는 자의 감정은 표현할 수 없다.

자신을 '무'의 세계에서 궁극하는 것은 매우 어려우며, 적어도 구원을 받고 싶다고 염원하는 것은 내성(內省)을 거친 사랑의 행동에 의해 비로소 기도로 발원(發願)할 수 있다.

어린 것

시바타 지타코(柴田智多子)

툇마루에 묶여 있는 아이는
이윽고 노래하기 시작했다.

낭랑하게 밝게
노래는 미풍처럼 흐른다

방금 전 흘린 눈물이 마르기도 전에
두 손은 묶여 있어도
어린 마음은
벌써 질책의 골짜기에서 날아올라
푸른 하늘을 향해 날개를 펼친다

꾸중을 듣고 묶여 있어도
노래를 부르기 시작하는 천진난만함은 신에 가깝다

말썽부렸다고 야단을 치며 묶어 놓아 본
어머니의 처사의 속절없음……
어린 아이는 두 손이 묶여 있어도
노래를 잘도 부른다

벚꽃

이마가와 다쿠조(今川卓三)

－내지에는 벚꽃이 피었겠지요－
아이들과 손을 잡은 어머니들끼리의 대화
스쳐 듣고
쓸쓸히 부는 차가운 바람에
고향산 달력을 넘기네

우연히 그 날
소식 끊긴 지 오래된 아우의 편지에
"도쿄의 벚꽃은 피었다가
하룻밤 새 태풍에 졌다고
전해 들으니, 올해도 꽃을
제대로 보지 못하고 지났습니다"
"꽃은 어쨌거나
올해부터 병종합격자도
소집의 영광을
기다려 바라마지 않는 기분
몹시도 들어
국가의 초석이 되고자 하는 마음 뿐"

몇 해 동안 보지 못한 동생의
그 야윈 몸에 부드럽고 말없는
가운데 숨겨진 불꽃이 일어
나 또한 오랜만에 붓을 든다
"아우야, 이곳의 벚꽃은 아직 피지 않았다
북쪽 국경은 눈이 녹을 무렵이라 한다
일본도 얼마나 넓으냐
(이 광대함
지역상으로만이 아니라
가슴을 벅차게 하는 역량도 더하여)
남쪽 끝에 유한임리(流汗淋漓)45)
북쪽 경계에 봄을 기다리는 일본"
"이 고장의 벚꽃이 피는 것을 기다리지 않고
나도 부르심을 받는 광영을 기도하네
아우야, 벚꽃을 보지 못해도
서로의 가슴 깊숙한 곳에서
향기는 선연히 내뿜으며
사계절 내내 백화난만하다"

지나가다 얼핏 듣고
이상하게도 뇌리에 박혀 반추해 마지않네
－내지에는 벚꽃이 피었겠지－
그 말이야말로 일본인의 말이었다.
전선 이백만 충용(忠勇)의 마음이기도 했다.

---

45) 땀이 마구 흘러 떨어짐.

맥추기(麥秋記)

시로야마 마사키(城山昌樹)

보리싹

보리싹

한도 없이

보리싹

보리싹

아아. 찬란하게.

천녀가 입은 흰옷처럼

옆으로 나부끼며

새하얗게 빛나며

구름이. 눈부시게. 흐르고. 흐르고. 흐른다.

흡사 생물의 습성과도 같이.

겁초(劫初)[46]부터.

아아. 구름의 전통이여.

천상의 코스모폴리탄이여.

바람이 실려 왔나?

바람에 쫓겨 왔나?

---

46) 이 세상이 이루어진 처음.

들린다. 단속(斷續)한다.

보리피리 소리.

보리피리 소리.

보리피리 소리.

리듬을 상실하고.

비틀거리며.

보리피리 소리.

종언을 향해.

아아. 유치한 멜로디여.

보리밭에 넘치네.

빛.

바람.

꿈.

태풍 없는 이 영일(寧日).[47)]

포도처럼.

내 가슴에 백일몽은 익고.

추억은.

염주처럼 다함이 없고.

아아. 내 가슴 속의.

밀크색의.

---

47) 별 일 없이 무사한 나날들.

녹색의.

정밀(靜謐)한 가운데.

메르헨 같은.

정숙한. 내 고전이여.

아아. 잠깐 동안은.

화석이 되라. 나여.

보리밭 속의.

보리 싹 그늘의.

빵 냄새 가운데에서.

목내이(木乃伊)48)가 되라.

---

48) 시체에 방부제를 넣어 썩지 않게 만든 미이라.

반도인의 이야기

야나기 겐지로(柳慶次郎)

불꽃도
바닷물도
휭하니 지나갔네

이제는 벌써
시장기가 느껴지네 푸르디 푸른 하늘과
태고와 같은 조용한 초원뿐이네

오, 스산하게 서 있는 한 그루 나무
하지만 나무여
너는 결국 쓰러지면 안 된다

타다 떨어져서 그리고 싹을 틔우고
빗물을 맞으며 뿌리를 내린다
그것이 너의 정신이 아니었더냐

내일은 새로운 줄기 위에
늠름한 가지를 펼치고 그리고
향기로운 열매를
주렁주렁 열게 할 것이다

봄의 등허리

기타무라 요시에(北村葦江)

체취처럼 다가오는 햇살에
배꽃은 노란 입술을 잃었다

요염한 바람이 살갗에 살랑살랑 감관(感官)[49]이 들떴다
봄의 등허리에 담뿍, 나는
음침한 도마뱀붙이처럼 살며 허기를 달랬다

인적 없는 절의 숲은 미끈미끈
빛나는 수목의 생리 그것처럼
미적지근한 나무껍질의 숨결이 부풀어 올라
기름처럼 퍼지며
꼭대기에서 감미롭게 소리 높이는 새들
사랑 노래

멀리서 시계소리처럼 가슴을 깨물어
두근두근 심장이 울려온다

---

49) 감각기관.

들판은 저문다

아사모토 분쇼(朝本文商)

검푸르게 펼쳐지는 경지의 끝에
지평선은 석양을 싣고 무지개다리처럼 물드니
젊은이는 더한층 청운의 피를 흘렸네
대지 위를 어루만지는 미풍에
서서히 다가오는 소식을 헤아린 저녁
저녁별은 풀숲에 내리고 벌레 울음소리를 사랑하며
강물은 솟아올라 달을 포옹하니
풍요로운 코러스도 울리기 시작했네

철새 무리가 긴 여행을 접고 강여울에 내려앉을 무렵
반딧불이는 작은 환영 같고
풀숲에 등불은 켜졌네

이 순수한 바탕에 오점 없는 얼룩을 자아내고
잠잠한 향연에 미래를 위한 축복의 잔을 들며
젊은이들 사이에 많은 회화는 흐르고 있었네

반향

시바타 호쓰구(芝田穂次)

이른 새벽 산길을 만보하니 젖빛 안개가 흐른다
꿈 이야기 가락, 지금은 없는 연인의 속삭임 같이
바람의 고뇌, 갈아입은 잎, 모두 떨쳐버리기 힘든 추억이구나
마음 속 꿈에서 이룬 날

몽매한 봉우리에 메아리 소리, 그것은 귀를 먹먹하게 하는 폭파음
산은 울리고 지축을 뒤흔드는 태고적 소리
넓지 않은 인연의 끈은 잘리고, 바람도 잎도 새들도 내게서 멀어졌다
슬픈 휘파람도 뚝 끊기고 병든 여로의 영혼도
돌아오네

위엄 있는 목소리 제왕의 봉우리를 넘고, 소리와 울림의 골짜기에 외침과
신음소리 높아지네. 신성하고, 엄숙한 날개옷을 휘두르며
소혼(消魂)[50]을 장사지내는 축포. 소리의 세례를 받는 한 때, 소생하는
생명의 강력함, 믿음직스러움. 황홀하게 가슴 메이는 뜨거운 호흡 넘치네
소란스럽게 끓어오르는 혈조(血潮)

---

50) 몹시 근심하여 넋이 빠짐.

안개 낀 창문을 열고 저 멀리 바라보네. 형제가 웃고 있네. 웃고 있네
그 바람도, 그 잎도 먼 바다의 관오(款晤)[51]처럼

나는 언덕을 달려 내려오며 방울처럼, 구슬처럼 천지와
조화를 이루는 소리를 들었다.
그리고 아마 내가 분 휘파람소리일 것이다. 저쪽 골짜기에서 희미하게
반향하는 것은.

---

51) 허심탄회하게 만나다.

사랑하는 이에게 보내는 소식

아베 이치로(安倍一郎)

그대가 내게 시집오는 것을
오늘 밤 가슴 뛰며 생각하고 있습니다.
6월, 7월, 8월, 9월, 10월—
이 시간의 계열이 우리들을
어떤 사랑의 기쁨 속으로 끌어들이는 것일까요?

그대, 사랑스런 이여.
바다 위 구름은 달리고 산 위 바람은 흐르며
언젠가 당신이 우리들의 사랑스런 아이의 어머니가 되는 날
다시 꽃은 피고, 새는 노래하고, 구름은 떠가고 바람은 잦아들고
그 날 나는 다시 삶의 원천인 사랑의 기쁨을 마음 속에서 떠올릴 것이다.

이렇게 묵사(默思)할 때 이미, 그대, 사랑스런 이여
한창 핀 사랑스런 이여
사랑을 하며 살아가는 나날들
굳건하고 바르게, 부러질 듯 보이지만 부러지지 않는 붉은 꽃
사랑스런 아내, 나의 그대

그대가 내게 시집올 날이 오기를

오늘밤 얼마나 사모의 염이 끓어오르고 있는지
한창 핀 사랑스런 이여, 미래의 일본의 아내
가난하게 살아갈 지도 모르는 나날들, 마음에서 마음으로
사랑의 빛으로 묶여, 깨끗하고 순수하게 피어나라
사랑스런 이여, 나의 어린 아내여!

상쾌한 봄 밤

요네야마 시즈에 (米山靜枝)

상쾌한 봄밤이
내 몸 주위에 흐른다
나를 끌어가며!
장미는 조심스럽게 미소지으며
내 마음 속 깊은 곳까지 스며들어 향기를 낼 만큼
상냥하게 속삭인다

한없이 상냥한 봄밤의
우울은 어디에서 오는 것일까?
그것은 아무도 모른다
이 내 몸을 보다 강력하게 몽환으로 이끈다!

그것은 언제나 신비로 가득 차 있고
그것은 언제나 내 마음을 유혹한다
나는 당신의 흐름에 몸을 맡긴다
마음대로 나를 흘려보내라
새로운 환락에 몸은 가볍고
오래된 고뇌에 마음은 무거우며
이렇게 당신과 함께 흘러갈 수 있도록!

오, 상쾌한 봄밤의 전사여!
애무여! 환혹(幻惑)이여!
미풍이 떠도는 향기로운 말이여!

하룻밤

강문희(姜文熙)

친구여
우리들의 고향이
먼 서적 속에 역력히 기록되어 있다.

어느 날 밤 수확을 축하하는 축제가
날라리의 유량(嚠喨)[52]한 소리에
이윽고 면화(綿火)[53]가 하늘을 태운다
밝은 불꽃을 통해 보이는 원무가 장고를
울리고
깊은 밤 숲은 나긋하게, 정신없이 춤추며
웃고 떠든다

우리들의 먼 조상들이
벼가 영글 가을날 축제 밤에
큰 잔을 채우고
손뼉을 치며 징을

---

52) 관악기 소리가 거침없고 맑음.
53) 면화약(綿火藥)을 말함. 면화약이란 정제한 솜을 황산(黃酸)과 초산(硝酸)의 혼합액으로
    처리하여 만든 화약인데 무연(無煙) 화약의 원료.

힘차게 울리며
어디까지나 남자는 힘차게 가슴을 펴고
여자는 어디까지나 흰 정강이를 드러내고
내일은 어찌되든
마치 6월 들가의 장미 향기처럼

저 면화에서 튀어 나오는 불똥이
고요히 오늘밤도
산들바람에
징을 울리고 장고를 울리며
날라리―가 군가를
울려퍼트린다

잊혀진 우리들의
고향이
저 축제의 잠에
서먹서먹하게 연을 맺는다
젊은 남녀의 다정한 가슴 속처럼
불을 태우며 유구히 꺼지지 않는다

친구여
젊은 농부의 우람한 사지가
가녀린 여자를 쇠사슬처럼 세차게 세차게
끌어안았다
그날 밤

희미한 면화에
마을은 조용히
그들의 신음을 지켰다.
멀리서 들려오는 광폭한 파도소리에도 아랑곳 않고

옛날 그날 밤
우리의 조상들은
술에 취해
피리를 집어던지고
손뼉을 치며
원무는 아침을 맞이하였다.

낮은 지평선에 아무것도
남지 않았다. 저 끝에
성스런 가을볕은
냉랭하게 바람을 일으키고
서리를 내리며
오래오래 그늘을 드리운다.

춤을 추다 지쳐
귀갓길에 오르는
마을 사람들은 제각각
이 황량한 풍경에
만족의 미소를
흘렸다.

저 오래된 미소가
잊혀진 대륙의
끝에 원시의 모습을 빛내며
살아 있는 모든 것 위에
은빛 숨결과 달콤함
어머니의 상냥스러움을
포연(砲煙)이 자욱한 건너로
환영처럼 비춘다.

친구여
하룻밤 미친 듯이 춤추고 술에 취하자
조상들의 표정의 온기가
저 비옥한 대지 속에 싹을 틔우면
우리들의 안식을 깨닫자

저 오래된 고향에서
우리들은 아가들의 장난을 알고
젊은 신들처럼 사람들은 웃고
여자들은 천상의 옷을 입고 노래 부른다.

친구여
들려오지 않는가!
늙은 농부가 쉰 목소리로 부르는 축제의 노래가
조용히 중천을 헤엄치며
'너희 대지의 자식들의 고향은

대륙의 끝에 사막을 감싸며
순박한 비옥함으로 잡초를 영글게 할 것이다'라고.
저 잊혀진 대륙의 끝에서 우리들의 고향이 봄날 산나리를
희미하게 감싸고 있다.

죽음의 상(像)
―사네카타 세이이치(實方誠一)의 죽음―

조우식(趙宇植)

지금은 죽은 사네카타 세이이치의 영령에 이 졸문을 바친다.

산다는 것은 고통이다. 이 고통스런 생명 속에 자네의 혼은 멋진 시와 인간적 고독의 계곡을 조용히 헤매었고, 그리고 늘 국가를 위해 일할 수 없는 허약한 자신의 운명을 강력하게 저주하고는, 다시 태어날 내일을 위해 국가의 전통을 노래하고 혹은 전선(前線)에서, 같은 청춘을 드러내 놓고 이향에서 뛰어다니는 친구에게 자신의 신세를 한탄하며, 살아내려 시를 썼던 사네카타.

무상하다. 산화한 슬픈 꽃이여. 이미 사라져 버린 친구의 감정이여.

×   ×   ×

실로 위대한 시인의 목소리에는 반드시 그 개인을 훨씬 넘어서는 예지의 번득임이 있었다. 실로 뛰어난 시인은 자신을 잊은 드높은 사명의 무형의 목소리에 따라 말을 낳는다. 그런 시인은 깊은 통찰자이다. 비전을 낳는 사람이다. 위대한 시인이 고래로 예언자와 어깨를 나란히 하는 데에는 이유가 있다. 그것은 비전을 갖지 않는 민족은 발전하지 못한다는 말과 관련이 있다. (가타야마 도시히코, 片山敏彦)

그러나 시인 본래의 역할은 함부로 설득하는 것이 아니라 진정한 의미에서 노래하는 것이다. 노래를 함으로써 실존하는 것이다. 이런 의미에서 생각하면 죽은 사네카타가 얼마나 불행한 청춘이었는지 알 수 있으며, 나는 지금은 없는 그를 위해 애도의 노래를 잊을 수가 없다.

내포된 정감을 격렬하게 삐걱거리며 노래했고, 노래하고자 한 그의 결의는 육체에 저지당해 쓰러진 것이었다.

아아, 무상하도다!!

피지도 못하고 진 청아한 혼. 나는 사네카타의 성장을 좀 더 보고 싶었다.

       ×   ×   ×

나는 고인의 예술에 대해서는 이야기하고 싶지 않다. 다만 나는 너무나도 불운한 운명의 친구를 위해, 남겨진 그의 유고를 발견함에, 죽음의 순간을 기록하는데 그치고자 한다.

1932년 3월 20일 오후 2시! 그의 혼은 승천했다. ─이는 그에게는 마지막 기념일이다.

15일에 제2차 객혈(제1차 객혈은 작년 7월)을 한 것을 계기로 그의 죽음은 결정되었다. 17일, 19일, 20일 객혈은 계속되었다.

3월 12일(목요일)

어리석은 그대여! 하루하루 어떻게 살아갈 것인가, 평범하게 하루하루 보낼 것인가 혹은 철저히 양생을 하여 기운을 차리지 않으면 자신의 일생을 그르칠 것이다.

어리석은 그대여! 이미 일생을 버렸다는 것인가? 기운을 차리고 싶다, 나는 도저히 기운을 차리지 못 하는 것일까? 내 생명은 작았다. 이제 나이 스물일곱, 나는 자활의 방법을 갖고 있지 않다. 기생 생활.

이러한 슬픈 절규 속에서 그의 문필은 꺾이고, 절필을 하게 된 것이다……

아아, 젊은 친구 사네카타여, 편히 잠들라.

유고

1월 1일(목요일)

  설날 아침이 되었다. 6시쯤 눈을 떴지만, 아직 아무도 일어나지 않은 것 같았다. 다시 잠자리에 들었다. 다음에 눈을 뜬 것은 8시 반쯤이었다. 설날아침부터 아무래도 기운이 없다. 다함께 하다못해 떡국이라도 먹으려고 일어났지만, 일어나면 바로 기침이 엄습한다. 모처럼 다함께 아침밥이라도 먹기를 기대했는데 영 글렀다. 이불 속에 덜렁 누워 기침이 잦아들기를 기다린다. 새해부터는 울지 않겠다고 생각했다. 하다못해 설날 하루라도 건강한 모습으로 있고 싶은데 기분이 개운치 않다. 어쩐지 기분이 나쁘다. 그래도 기운을 내어(그것은 객기였는지도 모르지만) 일어나서 밥상을 앞에 놓고 혼자서 떡국을 먹었다. 어머니와 동생은 모두 방금 전 다 먹었다. 떡국을 먹는 것은 올 설날이 마지막일지도 모른다. 내년에는 이미 이 세상 사람이 아닐지도 모른다고 조용히 생각했다. 가슴이 뜨거워졌다. 눈물이 날 것 같았다. 하지만 눈물을 꾹 참고 아무에게도 눈물을 보이지 않으려 했다. 슬프지만 이것이 나의 보잘 것 없는 선물이다. 누가 이 선물을 받아줄 것인가? 이 선물의 진정한 의미를 알아줄 사람이. 한 명 정도 있을지도 모른다. 그 사람은 누가 될까? 나는 모르겠다.
  오늘부터 나는 유서를 새로 쓸 것이다. 그날그날을 어떻게 싸워나가고 무슨 생각을 하고 그리고 죽어 갔는지, 나의 펜이 나를 이야기해 줄 것이다. 작은 목소리로 중얼거리듯이 두려워하듯이, 그날그날이 죽음의 하루였음을.

모든 것이 운명의 회전을 지구 위에 심어 놓은 것 같다. 바람을 맞고 비를 맞으면서도 헛되이 뿌리가 말라가도 살아남고자 하는 것이겠지. 나는 오늘부터 내 유서를 쓸 것이다. 새로운 유서를.

■

올해의 계획은 없다. 이제 내게는 계획이라는 것은 필요 없다. 단지 있는 것은 인생의 종언뿐이다. 죽음을 앞에 놓고 여전히 미래를 계획해야 한다는 것은 내게는 고통이다. 나는 살아 있지만 병을 잃기 전까지 몸을 유지하고 있는 것에 지나지 않는다. 모두가 한창 활동 중에 있다. 최대의 힘을 모아 나라에 이바지해야 할 때, 나는 내 몸의 소재를 숨겨야 한다. 도망쳐서 숨어야 하는 것이 나에게는 무슨 죄가 될까? 나는 확실히 죄인이다. 깊고 깊은 부도덕, 불효, 불충 이것이 죄가 아니면 무엇이겠는가?

15일(목요일)

1. 마침내 찾아올 것이다. 그 날을 위해. 모든 것을 후회 없이 만들어야 한다.
1. 천신(天神)의 자리에 들게 하소서.
1. 다시 밝게 기운을 차리기 위해서도. 다시 피기 위해서라도 이 일순간을 잃어버려서는 안 된다.
1. 천 년을 결정하는 역사의 초창기에 우리는 무엇을 했던가?

잘못되는 것이 없는 것을 심어야 한다.

1. 허무한 것만을 보고 후회하며 울기만 해서는 안 된다.
1. 거리 쪽 창문에 의심하는 듯한 눈동자도 있고
1. 나에게 미래가 아무리 쾌락을 약속한다 해도 그것이 지금의 내게 무슨 의미가 있겠는가? 나는 단지.
1. 사랑한 적도 없었다. 하물며 사랑받는 일도 없었다. 이렇게 혼자서 별처럼 호를 그리며 흘러갔다.
1. 암흑의 성운(星雲)이 꿈틀대듯 불쾌하게 침묵을 지킨다.
1. 그것은 또한 고탑(古塔)처럼 정숙하게 서 있었다.

나는 지금 펜을 잡았습니다. 당신에게 보낼 마지막 말을 쓰려고 말입니다. 하지만 나는 유서 한 줄조차 쓸 수 없습니다. 내게 그런 일을 할 자격이 있을까요? 나는 그저그저, 조용히 고통스럽지 않게 죽어가기를 바랄 뿐입니다. 그러나 그것조차도 내게는 당치 않은 생각일지도 모릅니다. 아름답게 죽어가고 싶습니다. 내 사후에 사람들에게 아 아름다운 임종이었다고 칭찬을 받으려고 죽는 것일까요? 나는 아무도 보지 않는 곳에서 죽고 싶습니다. 사후에 내 살결 한 조각도 아무도 보지 못하게—

언제부터인가
고탑 같은 정숙을 사랑하여
저녁 무렵 호반에 내려앉은 작은 새여

1. 평범한 한 사람의 임종을 하다못해 노래 한 수와 꽃향기로 장식하고자 했지만.
1. 바다가 보입니다. 파도소리가 들립니다. 난바다의 섬도 보이는군요. 누

군가 손을 흔들며 부르고 있습니다. 그것은 당신입니다. 작은 배가 이쪽으로 다가오는 것은 나를 데리러 오는 것이겠지요.

1. 내일 아침에는 이 수선화도 꽃을 피우겠지요.

1. 모두 안녕히 주무세요. 여러분들은 내일이 기다리고 있습니다.

1. 맥박이 뛰는 것은 살아가는 힘일까?

1. 누가 내게 무엇을 기대한단 말인가? 나는 죽음과 이야기하는 수밖에 없다.

1. 천 년도 역시 순간에 지나지 않겠지.

(미래의 한 순간……)

1. 그 길을 걷는 사람들은 서로 친근한 미소를 나눈다. 마치 오랜 세월을 함께 한 사람들처럼.

1. 흔들리는 등잔불 아래에서 여전히 구하고자 하는 사람이여.
   바람은 항상 엄하게 몰아친다.

1. 이 역사도(歷史圖) 위에 우리들은 고정시킬 것이다.
   정의를. 영광을.

　　　　　　×　　　　　　　　　×　　　　　　　　　×

새롭게 밝게 번영하기 위해서
동아여
이 한 순간을 놓쳐서는 안 된다.

16일(금요일)

꽤 오래전부터인 것 같다. 밥을 먹으면 위가 더부룩하며 트림이 나온다. 그 때문에 기침이 나오는 때도 있었는데, 오늘 드디어 위에 탈이 난 것을 알게 되었다. 의사가 준 약을 먹어도 여전히 나빠질 때는 나빠지는 모양이다. 당분간은 음식을 조절해야 할 것이다. 추위는 맹렬하다. 3한이 아니라 4한, 5한. 이 상태로라면 10한도 될 것이다.

죽음 역시 삶과 마찬가지로 아름다운 의식이며 목가이다.

죽음도 무서운 것은 아니다. — 그것은 허세가 아니다. 멋진 경험이다. 이제는 마음속에 아직 본 적이 없는 평온함이 불어 들어온다……

마치 꿈이라도 꾸고 있듯이, 평온하게 죽음의 병상에 누워 있는 그를 보았다.

그는 어디에 있는 것일까? 어디에? 가까운 묘지의 다소곳한 유골단지 아래 덤불에 둘러싸여 조용히 그의 몸은 누워 있다. 친구의 손에 의해 꽂힌 라일락 꽃가지가 무덤 아래 잠들어 있고 쑥이 조용히 향기를 발하고 있다. 평안한 천사가 그의 꿈을 지켜 주고 있는 것 같기도 하다. 죽음은 —인생의 황혼에 지나지 않는다. 가벼운 엘리시온54)의 그림자가 눈 위를 오가며 눈을 영원한 꿈 속에서 감기게 할 때이다.

27일(화요일)

『경험의 첫날』 27일. 이번 달 하루도 다타미를 말리기 위해 이불을 갠다. 스토브 옆에서 저녁때까지 자기로 한다. 저녁 식사 전에 내 방으로 돌아왔다. 고향에 돌아온 작은 새처럼 기뻤다. 잠시 푹 자고나니 저녁때가 되었다. 약골의 감기기도 꽤 좋아졌다. 이 정도라면 내일 정도는 좋아질 것이다. 아침에 형이 걱정이 되어서 찾아와 주었다. 『히노데(日の出)』 2월호를 가지고 왔다. 환자를 위로하고자 하는 형의 배려일 것이다.

---

54) 고대 그리스인이 상상한 낙원. 사후에 즐기는 낙원.

아동문화재로서

우리들이 자랑할 만한 임무이다. 장래의 대국민을 만들자.

원대한 작가 정신.

나치스 "가정은 영원히 위대한 민족의 모체이다."

　참으로 산 보람이 있음에 모든 것을 납득하고 싶다. 멍하니 하루를 보내고 있는 것은 아무래도 용납이 되지 않는다. 환자는 결국 사는 것이 힘들어 지게 된다. 어떠한 시대라도 환자는 불필요한 존재이다. 하물며 오늘날과 같이 적극적으로 인재가 필요할 때는 더더욱 불필요하다. 필요 없는 존재이다. 하루라도 빨리 건강한 몸이 되든가 아니면 소멸되어야 하는 것 아닐까?

28일(수요일, 맑음)

　누님께.

　일전에는 편지 감사했습니다. 그 편지 역시 이불 속에 누워서 읽었습니다. 모두 평안하시다니 참으로 기쁩니다. 부디 앞으로도 그렇게 평안하시다는 소식을 들을 수 있기를 기원합니다. 경성도 혹독하게 추운 날이 계속되었습니다만, 요 이삼 일은 꽤 따뜻해졌습니다. 아직 추위는 계속 되리라 생각합니다. 매일 유탄보55)를 끼고 삽니다. 새해를 맞이하여 모두 기뻐하고 있을 때, 제 편지가 어떻게든 여러분의 마음을 어둡게 할 것을 진심으로 사과드립니다. 저는 언제까지고 언제까지고 누님들을 걱정시키는 주변머리 없는 인간입니다. 저는 남은 생애를 어떻게 하면 누님을 비롯하여 여러분께 걱정을 끼치지 않고 지낼 수 있을까 하는 생각이 고작입니다.

---

55) 뜨거운 물을 넣은 난방기구.

부디 저의 이 뜻을 이해해 주세요. 저는 많이 약해졌습니다. 작년 7월 그 이변 이래 회복은 지극히 늦고, 어떨 때는 오히려 나빠지는 것 같습니다만, 다행인지 불행인지 오늘날까지 햇볕의 고마움을 그늘에서지만 느끼고 있습니다. 살아 있다는 사실에 깊이 감사하며 내일을 기다리고 있습니다. 만약 제가 내일이라도 승천을 한다 해도 이제 슬퍼하지 마세요. 저는 하늘의 부르심을 받을 날을 생각하고 있습니다. 무슨 일이 있어도 저는 낭패하지 않을 각오를 하고 있으니, 부디 저의 마지막 가는 길을 슬퍼하지 마세요.

2월
13일(금요일)

『국민시가』 2월호 오다. 지난 달 보낸 내 작품이 실려 있다. 「선전의 조서를 받자옵다(宣戰の詔書を拜する)」인데, 지금 이런 작품을 보면 시대에 뒤쳐진 것 같은 느낌이 든다. 지난 달호에는 그런 감격을 담은 작품이 잔뜩 있었다. 그것은 아직 날짜가 지나지 않아서 괜찮았다. 물론 나도 빨리 그 작품을 써서 보냈어야 했다. 너무 감격이 커서 그것을 하나의 작품으로 끝내기에는 내 글솜씨가 부족했다. 지금 내 작품을 조용히 돌아보며 약간 관념적, 보편적이기는 했지만 내 감상을 어느 정도 끌어올렸다고 생각한다. 애국시 발전을 위해 그리고 조선시단의 발전을 위해 나도 능력이 닿는 한 노력을 할 것이다.

밤에 시를 쓴다. 아무래도 마무리가 되지 않아 곤란하다. 어지간히 모양을 갖추기는 했지만 결국 완성을 할 수 없었다. 12시까지 열심히 썼다. 1시를 알리는 시계소리, 2시를 알리는 시계소리가 들렸다. 그러는 사이 잠이 들었다.

3월
4일(수요일)

오늘도 역시 저물어 간다. 나는 무엇을 해 왔던가? 후회 없는 하루였던가? 나는 또 감기에 걸린 것인지도 모르겠다.

나가이병원(永井病院)에 갔던 오노(大野) 씨도 감기에 걸렸다고 한다. 나를 위해 수묵과 두꺼운 옷을 가져다주었다.

어제 나는 책상에 기대어 책꽂이를 보았다. 자오선 제3집을 꺼내 보았지만, 한 페이지 넘기는 사이 그 무렵의 정세가 언뜻언뜻 떠올랐다. 아아 또 그런 책을 내고 싶다. 젊은이들의 모임은 얼마나 즐거웠던가? 나는 언제까지고 그 무렵의 일을 기억할 것이다.

예술의 근본은 한 가지인 것에 대해. 문학도 그림도 조각도 또한 건축도, 그 근본은 한 가지로 귀결된다는 것.

시를 쓸 수 없게 된 나. 참새는 노래를 잊은 것일까? 봄이 온다. 봄이여. 내게 아름답고 강한 노래를 가지고 와 주소서. 나는 조용히 기다리고 있을 것이다. 봄이 오기를 기대하는 사람은 행복하다. 내게도 행복을 베풀어 주소서. 나는 다시 작은 노래를 부르고 싶습니다.

남쪽 하늘로 돌아간 제비도 이제 돌아오겠지요. 멋진 일본의 빛나는 전승을 가지고……

단카 작품 2

⊕ 아라이이 미쿠니(新井美邑)

황송스럽게 황은에 감사하는 동포들이여 징병제가 되나니 기뻐 오열하누나

오늘부터는 천황이 다스리는 나라의 용사 기뻐하겠지 라며 젊은이들을 보네

끊임이 없이 흘러내리는 눈물 반도인이여 천황 허락하셨네 슬프고 슬픈 비원(悲願)

나팔 울리고 군화소리 울리네 슬픈 나조차 가게끔 하는구나 남쪽 나라를 향해

마음마음이 산산이 흩어지는 밤이로구나 진주만의 옥되어 구주(九柱)56) 생각하누나

⊕ 미쓰이 요시코(光井芳子)

다사도(多獅島)57)의 축항(築港) 견학 때 씀

해풍에 서니 이 무슨 소리인가 항구를 짓네 서서 바라다보니 바람소리가 쌩쌩

축항공사는 오늘도 진척되나 비구름 잔뜩 다마도항이구나 소리 울려 퍼지네

철관 늘어서 끝없이 이어지네 산자락에는 풀이 돋아 물들고 지나는 압축공기

압축공기가 지나다니고 있는 철관이어라 산자락에 싹이 튼 풀과 같이 길구나

---

56) 전쟁 발발 후 1942년 아사히 신문이 널리 군가를 모집하여 군부에 헌납한 노래인, 「대
동아전쟁 해군의 노래(大東亞戰爭海軍の歌)」에 나오는 표현으로 공습에 앞서 5척의 소형
잠수정 갑표적이 먼저 침투하였으나 모조리 실패였고 9명 전사 1명 포로, 9개의 기둥이
란 이 전사자 9인을 가리킨다.
57) 평안북도의 지명.

검은 머리가 헝클어져 가리어 묶어 보나니 파란 색 옷 속으로 스며드네 빗물이

폭풍우 부는 앞 항구의 벼랑에 화려하구나 젊은이들 모여서 바다를 보고 있네

어찌하다가 우쭐하는 마음에 사고자 해서 스스로 나서서는 고른 한송이 백합

모든 물건이 빈한한 처지지만 꽃집에만은 계절의 꽃향기가 부드럽게 차 있네

다마도 훈련도장

목소리 모아 혹독하다고 하며 훈련생들은 우리들이 보내준 위문품에 답하네

훈련 마치면 바로 지원병으로 간다고 하는 청년들의 의기가 엄하게 다가오네

훈련생들이 바위를 내려오는 철로선 끝에 조용히 피어 있는 제비꽃이로구나

⊕ 사이토 도미에(齋藤富枝)

초저녁 무렵 경보기 울리나니 적들은 오네 어디에서 오는가 하늘인가 바단가(경계경보 발령)

별 밝은 밤의 관제 하에 경계(衛警戒)를 서고자 할 때 아무런 일도 없이 무사무탈 하기를

칠흑의 밤을 아로새기고 있네 오늘 저녁 중 맑디맑은 하늘에 빛나고 있는 별들

비 맞아 젖은 푸른 잎이 가득한 하늘 아래에 오늘도 폭음 나네 초소비행기들은

은빛의 날개 늠름하게 젖히고 올려다보며 평온한 마음으로 기도를 하는구나

⊕ 야모토 가즈코(矢元和子)

민족성만은 다르다고는 해도 적 포로들의 태연한 모습에는 애들도 의심하네(뉴스 영화)

전승의 소식 시시각각 뉴스에 전해져 올 때 이내 몸은 오로지 아이들 가르치네

적의 포로를 감시한다고 해서 선발이 됐네 우리집의 가네다(金田) 그 모습도 밝구나

천황 군대에 출정하게 되었다 결정되고는 그 말씨도 어느새 점잖게 되었구나

후고(後顧)의 염려 나에게 없다면야 목숨을 걸고 일을 하겠다 하며 분발하는 병사들

5년 동안의 임무 보람 없음을 아는 가네다 애써 다른 병사에 뒤지지 않겠다 하네

필승, 힘내라, 만세라 쓴 엽서에 미소짓누나 희미하게 떠오른 두 글자 아련하다

⊕ 시바타 도시에(柴田敏江)

이슬비 내려 그치지 않게 되길 며칠이런가 축축한 땅바닥에 흰 봉선화 졌네

오래간만에 만나게 된 친구는 배가 부르니 대일본의 건아를 낳기를 기도하네

바다를 보면 하나밖에 없었던 내 외아들의 천황에게 바쳤던 목숨이 생각날까

내가 뿌려둔 아주까리 나무는 마당에 뿌리 내렸겠지 이불에 누워 빗소리 듣네

남방의 전승 뉴스를 들으면서 생각하누나 야마모토(山本) 장군의 함대는 어디쯤에

⊕ 스기하라 다즈코(杉原田鶴子)

청소년 생도에게 하사하는 칙어(勅語) 봉대(奉戴)58) 기념일에

이쪽 거리의 학도들이 모이니 많기도 하다 일만 육천 천황의 위세에 기세당당

싸움을 하는 나라 젊은이들이 천황의 앞에 지금 있는 것처럼 기세도 당당하다

희미하게도 돌을 자르는 소리 들려오나니 한낮에 희미하게 산골짜기 마을에

6월 한낮에 햇볕도 반짝반짝 돌을 자르는 산허리 흰 빛깔이 눈에 들어오누나

다리가 아파 한 달 넘게 다니던 병원 모란꽃 그 꽃들도 이제는 한 물 가버렸네

벼락소리는 엄청나게 크지만 마당의 끝에 있는 모란꽃들은 무성히 피어 있네

⊕ 이와타니 미쓰코(岩谷光子)

위대하옵신 폐하의 그 군대가 전진할 때에 반도 젊은이들은 방패로 부르시네(징병령 두수)

백성이 되어 이것보다도 더한 감격 있을까 보냐 모조리 일어나라 반도의 젊은이여

---

58) 삼가 받든다는 뜻.

녹색 잎들이 뚝뚝 듣는 가운데 음력 오월에 하얗고 깨끗하게 보이기도 하여라

가는 봄날에 하루 동안 찾아와 한창 피어서 만개하는 정원의 목단꽃이로구나

은은하게도 목단꽃 향기 나는 정원에 서니 마음이 활짝 개어 밝아지는 초저녁

참으로 고운 봄철의 나물들을 정말로 넣어 아침마다 먹어도 질리지 않는구나

⊕ 이와키 기누코(岩木絹子)

한 다발 되는 창포를 사다가는 창포물 끓여 이것은 창포라며 나를 기다리시네

아침 일찍이 지게에 지고서 온 조선 아이가 가지고 온 고사리 팔려고 온 것이네

어린 고사리 가지고 온 아이가 울보 동생의 나이라 부르는 값 그대로 쳐서 사네

모처럼 맞은 휴식날이고 보니 요즘 뒷전에 미루어둔 습자도 마찬가지로구나

아홉기둥의 신들의 앞에 서서 절실하게도 자신의 살아갈 길 돌아보게 되누나

끓어오르는 고사리국 국물에 깊은 산속의 봄철의 푸르름을 생각하게 되누나

⊕ 호리우치 하루유키(堀內晴幸)

제비들에게 물어보고 싶구나 남녘으로 간 내 전우들의 안부 무사하길 바라며

등나무 꽃이 피어서 흐드러진 마당 안에서 함께 놀고 있누나 반도의 아이들과

⊕ 노노무라 미쓰코(野々村美津子)

지난 나날의 격전지 부킷티마 일장기 높이 꽂아놓고 나서는 무위산(武偉山)이라 하네

만나기 힘든 태평성대를 만나 지금이야말로 폐하의 큰 은혜에 보답을 다하고자

자꾸자꾸만 떨어지는 다섯개의 소이탄들을 여자 필사적으로 끄고자 하는구나

여리디 여린 야마토 여자들의 피는 불타는 공습을 맞이하니 더한층 늠름하네

낮게 날으는 소사(掃射)를 맞고나서 붉은 불길에 물들어버린 학교 아동을 생각하네

⊕ 마에카와 유리코(前川百合子)

빌로도와도 같은 광택을 닮은 제품을 보고 3년 동안 고심한 추억을 생각하네

어린 아이와 함께 돌아다니던 시골의 밤길 쓸쓸할 것이리라 노래를 부르누나

⊕ 모리 가쓰마사(森勝正)

봄의 축제에 햇살이 밝게 비친 신사의 경내 소쩍새가 자꾸만 울어대고 있구나

봉축의 마을 그렇다고 하여도 오가는 여자 눈에 띠게 빛나는 전승의 나라구나

해군 병사들 서로 겨루는구나 알통 넘치고 혈기도 솟아올라 넘쳐 흐르는도다

화톳불 저편 세로로 죽 늘어선 자색 법의의 신들이 백성들의 마음 생각하누나(이상
원산개항 60주년 축제 관람)

스피트파이어59) 이름을 들어두기 잘했다지만 지금은 모형으로 만든 장난감 같네

⊕ 나카지마 마사코(中島雅子)

가집 잡지를 쌓아 두고 오늘은 읽으려 하나 이일 저일 걸려서 독서를 허락않네

오늘도 역시 저물어 가고 있어 읽고자 하여 늘어놓은 가집을 바라만 보고 있네

새로이 나온 가지를 받아서는 한참동안을 내 방에 두었구나 생각하니 슬프다

아이를 등에 업고서 도로에서 일하고 있는 어머니의 표정은 기계 같이 보이네

노래가 있어 내 자신의 개인을 세울 수 있어 그것이 슬프게만 여기어 지는구나

---

59) 스핏파이어(spitfire)는 영국 단좌 프로펠러 전투기로 영국 공군 주력 전투기였다. 성능
이 우수하여 미 공군도 사용. 2차대전 기간 동안 연합국 측에서 가장 많이 생산된 기체
이다.

미그레닌[60]의 중독증이 오늘도 얼만큼이나 기쁨을 줄 것인가 나의 마음속에다

아무렇게나 내어뱉어지는 말 병사라는 말 일본국의 전통은 개(個)의 밖에 있구나.

⊕ 무라카미 아키코(村上章子)

전화기 뒤에 숨어서 피어 있는 수국꽃으로 초여름 사무실은 조용하기도 하네

명자나무의 하얀꽃 눈부시게 빛이 나는 덕에 이불을 개어올린 저녁이 참 밝구나

신지호수(宍道湖)[61]의 빛에 대해 친구가 말한 쌀쌀한 봄날밤에 화로를 둘러싸고 밤굽네

신지호수가 보고 싶구나! 호수. 으스스 추운 봄밤 밤을 굽다가 문득 생각이 나네

사무에 지쳐 해면처럼 갈갈이 찢어졌구나 바구니에 꽂혀진 수레국화 초조해

⊕ 기쿠치 하루노(菊池春野)

멀리 보이는 산은 첩첩이 겹쳐 검게 보이고 가까이에 보이는 계곡은 밝은 녹음

초여름 녹음 참 밝기도 하구나 때를 맞추어 뻐꾸기 우는 소리 조용한 한낮이네

몇 번이런가 아슬아슬한 길을 내려와서는 소나무 숲 아래서 한숨 돌리는구나

⊕ 니키노 도시코(中野俊子)

내가 맛있게 먹는 나물을 등에 지고서 가는 군마의 노래 읊고 우는 소리 애닲다

어미 그리며 짐마차 따라가는 새끼 말들은 삼 리를 걸어갈까 오 리를 걸어갈까

어미와 새끼 같은 줄에 묶이어 함께 가는 말 같이 일하는구나 이 더운 날씨에도

---

60) 미그레닌(migranin). 안티피린, 카페인, 구연산의 90 : 90 : 1의 비율의 혼합물로 해열진
   통제로 쓰인다.
61) 돗토리현(鳥取縣)의 호수이름.

⊕ 와카바야시 하루코(若林春子)

그저 오로지 조용하기만 하네 해바라기는 한낮에도 숨깊이 하늘을 올려보며

해바라기는 수술마저 묵묵히 태양을 보며 가만히 서있구나 오로지 조용하게

기울어 가는 태양을 정면으로 올려다보던 해바라기는 모두 돌아서서 시드네

살아가려는 본능이라 보아도 해바라기의 기회주의는 전혀 이해가 되지 않네

산골짜기는 이미 저물었구나 거뭇거뭇이 이어지는 산맥에 저녁별이 떴구나

엄숙하게도 하늘에 닿아있고 예리하게도 이어진 큰 바위는 다가오는 듯하네

⊕ 무라타니 히로시(村谷寬)

바다와 육지 양쪽에서 전과를 올리는 나날 묵묵히 기업령을 읽고 걱정하누나

반절은 접힌 머리를 달고 있는 옥수수대를 소홀히 않겠다며 소매에 주워 담네

⊕ 도요카와 세이메이(豊川淸明)

영구하게도 추악한 무리들의 방패가 되어 산화한 구군신(九軍神)의 장례식 엄숙하다

출정을 했던 우리의 군인들을 마음에 그려 모두 모여 제각각 편지를 쓰는구나

어머니께서 계시면 해주시겠지 생각을 하며 바늘을 손에 들고 서툴게 한땀한땀

둘이서 새로 만든 코트에 서서 라켓을 쥐니 함께 코트를 만든 선생님 생각나네

작년 여름에 홍수에 무너져서 망가진 둑방 새로 짓는 농부가 눈에 보이는구나

감사하게도 일시동인이라니 폐하의 성은 황송스러웁구나 백성인 나로서는

수많은 공적 남기시고 떠나신 미나미(南) 각하 그 분의 큰 은덕이 그리워지는구나

⊕ 남철우(南哲祐)

한 가지 대의 고금에 통하나니 신국의 대의 바야흐로 지금은 세계를 향하도다

큰 뜻을 품고 성스럽게 일으킨 신병(神兵)을 맞아 미국과 영국놈들 패하고야 말거다

건강하기도 한 5월의 빛들과 남쪽 바람에 노르스름하게도 익어가는 보리밭

미국과 영국 마침내 멀리멀리 쫓아 버리고 이 신국에다가는 아시아를 세우리

⊕ 고야마 데루코(小山照子)

하얀 파도가 밀려드는 바닷가 여기저기서 날고 있는 갈매기 석양빛에 비치네

아침 안개가 걷히고나서 보니 녹색 섬에서 상쾌한 갈매기가 산을 그리고 있네

날은 저물고 아득하니 하이얀 파도의 머리 바닷가의 모래를 나는 밟으며 가네

⊕ 세이간지 노부코(西願寺信子)

동쪽으로는 팔천삼백킬로의 미국의 본토 서쪽은 만이천킬로 남아(南阿)[62] 남쪽은 구
천이백킬로의 호주로 정예부대 전진

시드니항에 돌입을 하고나서 공격을 하던 우리 잠수정 세 척 돌아오지 않누나

⊕ 세이간지 후미코(西願寺文子)

우리의 무사 죽음의 순간에도 나라 그리는 마음 생각을 하면 울지도 못 하겠다

우리의 무사 출정하여 싸우는 남쪽의 제비 하루하루 지남에 그 수 더하는구나

연일 잇따라 들려오는 전승의 소식을 써서 일기로 남기려는 우리의 할아버지

---

62) 남아프리카.

⊕ 야마우치 다이지로(山內隊二郞)

더치 하버(Dutch Harbor)[63]를 강습(强襲)했다는 뉴스 손에 들고서 감격에 겨워하니 나도 병사로구나

북양의 농무 단숨에 제치고 가네 우리 바다의 독수리(海鷲)[64] 가지를 않는구나 더치 하버까지는

삼십여기가 아직 귀환하지 않고 북양의 바다 6월 파도는 아직 그치지 않는구나

⊕ 우치지마 다다카쓰(內島忠勝)

중경, 중경에 매진하며 나가는 황군의 노고 마음속에 그리며 뉴스를 보는구나

오늘 이 날로 여섯 번 맞이하는 봉대일 발표 종합전과를 보니 포로선박이 4만

전우는 지금 남쪽에서 싸우고 야자나무의 그늘에서 써 보낸 소식을 읽고 있네

⊕ 다케다 야스시(武田康)

전선에 지금 일만 여리를 가서 출정을 가는 남자들이여 부디 평안하길 기도해

완만하게도 펼쳐진 보리밭의 집들 집들에 보기 좋게 게양된 일장기가 보이네

⊕ 최봉람(崔峯嵐)

흐르는 땀도 돌아보지 않고서 입고의 작업 마치고 나서 보니 해 이미 기울었네

저기 아득히 펼쳐진 신라벌을 넘은 들오리 언제 다시 고향에 돌아와 울으려나

목숨보다도 그 이름을 아끼어 오늘 또 다시 무사도에 꽃피운 발리해전 꽃인가

---

63) 알류샨(Aleutian) 열도의 어널래스카(Unalaska)섬에 있는 미국 해군 기지.
64) 해상자위대를 말함.

⊕ 곤도 스미코(近藤すみ子)

부르심 받아 출정을 떠난 오빠 그 마음 알아 여리디 여린 팔로 집안을 지키려네

손을 꼽으며 병역검사에 대해 이야기하는 그대의 눈동자가 아름다운 밤이네

⊕ 우에노 가즈히로(上野和博)

옛날 옛적의 내 친구의 모습을 그리워하며 북받쳐 올라오는 눈물을 꾹 참누나(친구

의 전사 소식을 접하고)

나도 따라서 천황의 방패 되어 출정을 하리 그대가 소리 높여 외치던 폐하 위해

⊕ 후지미야 세이소(藤宮聖祚)

갑판에 나와 이별을 슬퍼하며 손을 흔드는 친구가 탄 기차는 커브를 돌아서네

지나쳐 가는 기차 울림 소리에 깜짝 놀라서 꿩이 날갯짓하는 소리가 들려오네

⊕ 히라타 세이추(平田成柱)

밭 가운데로 지나는 학동 무리 바라다보니 마음이 밝아지네 나라를 생각하며

전선의 뉴스 들려드리기 위해 어머니 업고 구름이 걸려 있는 고개를 넘어왔네

⊕ 가나자와 기텐(金澤貴天)

아 애달퍼라 들장미 한송이를 꺾어서 드니 허무하게도 지네 일찍 핀 장미꽃은

⊕ 야스모토 하야오(安本亞男)

녹색 이파리 향기도 가득하게 상냥한 화초 피어 있는 것 보니 봄이 왔는가 보다

새로 산 모자 눌러서 쓰고 있는 생도들 중에 내 동생도 섞여서 돌아다니고 있네

비평 1

하마다 미노루(濱田實)

이번 호 이 난은 총괄적으로 저조하여 참신하지 못 하다 할 수 있다. 대부분 전쟁을 소재대상으로 한 작품인 만큼 그런 느낌이 더하다. 사생의 부족, 소재의 단카적 압축, 순화, 정련 작용의 부족 등 그 결함이 복합적이다.

적어도 반도가단의 지도적 역할을 하는 이 난에 출영(出詠)하는 사람에게 질적으로 더 우수한 작품을 요구하고 싶다.

　　나라 백성을 이끌어 지도하는 새로이 세운 신화의 시대구나 신께옵
　　서 부르시네

　　　　　　　　　　　　　　　　　　　　　　　　—스에다 아키라(末田晃)

　　먼 옛날부터 알리어 주시었네 구름없는 날 햇빛이 비추듯이 신께서
　　계신 나라

씨의 신화국토 한 수는 씨의 개성 있는 가풍의 일면을 나타내는 것으로 성공적이다. 중후하고 부드럽게, 이야기와 이야기 구와 구 사이에 이상한 긴장감을 갖게 하는 것은 씨의 가장 뛰어난 기교인데, 이 한 수에는 그 뛰어난 기교와 저절로 벅차오르는 감동이 혼연일체가 되어 관조적 고요함을 초래하고 있다. 그러나,

위대한 날에 살아가고자 하는 행복한 나날 이승에서 사는 것 나는 쉽게

버리리

  라는 작품은 씨가 늘 빠지는 함정에 빠졌음을 지적하고 싶다. '행복한'
과 '버리리'의 상식적 대비는 작자가 안이하게 너무 기교를 부린 결과로
보인다.

  가겠습니다 라고 말을 하였던 결의 모두 다 이룬 이가 없구나 적의
  만(灣) 깊숙한 곳

— 휴가 이치로(日向一郎)

  씨의 명작에 대한 의지에는 일단 감탄한다. 그러나 이미 개평(概評)한 것
처럼, 모든 것이 식상해서 주요한 서정성이 부족해 시시하다. 작자의 인간
적 솔직성, 선량성에 의지하여, 노래에 일종의 탄력성이 보이는 점은 살만
하지만, 요컨대 작자는 지나치게 요설적이라 이 달의 한 수는 실패했다고
생각하길 바란다. 게재한 한 수도 상구와 마찬가지로 작자의 요설적 결함
을 드러내는 일례로 볼 수 있다.

  가라앉으며 파도의 위에다가 소용돌이를 치는 적군 순양함 아직도
  윙 울리네

— 야마시타 사토시(山下智)

  이 사람의 노래에는 약간 주목할 만한 점이 있지만 정독을 해 보면 역
시 일종의 깊이가 없는 겉핥기식 결함이 느껴진다. 예로 든 한 수는 그 중
에서도 작자의 다소 복잡한 대상의 인식방법에 재미가 느껴지지만, 아직
뭔가 작가(作歌) 형식을 너무 쉽게 구사하는 건조감이 눈에 띤다고 하지 않
을 수 없다. 특히 하구의 표현이 그렇다. 작자는 조금 더 형식을 깊이 생
각해 볼 필요가 있다고 생각한다.

성의가 있는 생활을 하려 하며 맹세를 했네 바로 이 때에 사는 총후
의 우리들은

— 다카하시 하쓰에(高橋初惠)

가작은 이 한 수뿐인데 흔해빠진 일을 지극히 솔직하고 평이하게 표현
해서 성공을 했다. 3구가 잘리는 곳에 비해 4, 5구는 무겁고, 힘이 담긴
표현 등도 일단 작가의 상식적 수단이라고 할 수도 있겠지만, 결코 나쁜
느낌은 나지 않는 표현이다.

함락됐다는 뉴스에 더하여서 들리어 오는 홍콩 공략됐다는 노래 상
쾌도 하네

— 미치히사 도모코(道久友子)

이 한 수는 담백한 작자의 인품이 나타나 있어서, 매우 유창하게 노래
하고 있는데도 나쁜 느낌이 들지 않는다. 하지만, 결국 또 그 점이 작자가
고민을 하지 않았다는 한 증좌가 되기도 한다. 특히 위 노래의 '상쾌'도
그렇고, '우러렀네', '의기롭게 여기다'도 그렇고 그곳에는 사생의 노력 부
족, 즉 안이하게 흘려보내려는 타성이 나쁘게 작용했다고 생각된다.

폐하의 명령 이제런가 기다리네 하늘을 나는 비행기의 폭발음 병사
는 눈을 감네

— 구라하치 시게루(倉八茂)

낙하산 부대를 노래한 이 한 수는 일단 그것이 연작의 형태를 띠고 있
으며, 한 수 한 수에 대해서도 안정된 충실감을 보이고 있고, 작자의 사생
에 대한 정직한 태도를 짐작할 수 있다. 하지만 굳이 말을 하자면, 너무
정확하게 표현하고자 한 나머지 결과적으로 장황하여 사생 본래의 내용성

을 희박하게 하는 경향이 있다. 위 한 수를 예로 들어 봐도 '이제런가', '하늘을 나는'과 같은 어구 등이 '병사는 눈을 감네'의 작자의 의도가 있는 곳을 적지 않게 방해하는 결과가 되고 있지 않는가? 또한 다른 노래를 봐도 아직 대상이 제대로 소화되지 않고 있음을 알 수 있다. 즉 아직 자기 것이 되지 않은 아쉬움이 있다고 생각되는 면이 많다.

몽고의 바람 불어와 물을 들인 조용한 밤에 가집 『백도(白桃)』를 모
두 읽어버리고 싶네

— 세토 요시오(瀨戶由雄)

지성, 비판성의 과잉이 씨의 근래의 작가진로를 방해하고 있다고 느껴질 만큼, 씨의 작품에는 언어 선택에 고심한 일종의 난해한 노래가 많이 보인다. 이러한 경향은 어디까지고 완전히 자기 것이 될 때까지 밀고 나가면 어쩌면 독자적인 표현력을 갖추게 될지도 모른다. 하지만 내가 보기에는 씨의 잔재주의 폐단이 먼저 눈에 띈다. 바라건대 평이하고 평범한 인식 방법 내지 표현 방법으로 바꾸었으면 한다.

이 한 수를 정리하는 방법도 모키치(茂吉)[65]풍의 표현이 드러나 있어 이미 진부하다고 할 수 있다. 특히 결구의 평이한 표현은 더 작지 독자적인 느낌을 살렸어야 했다.

창문의 커튼 바람에 날리어서 지붕 너머로 준설선(浚渫船)의 크레인
저기 보이는구나

— 이와쓰보 유즈루(岩坪讓)

---

65) 사이토 모키치(齋藤茂吉, 1882-1953)를 말함. 의사이자 가인.

'바람에 날리어서'도 아주 좋은 구이고, 전체적 리듬도 평이하여 꾸밈 없는 솔직함을 지니고 있다. 그러나 이 노래의 경우 이것을 살리고 있는 것은 1, 2구의 '창문의 커튼 바람에 날리어서'에 있는 것이지, 3, 4, 5구에 이르는 표현은 상식적인 구법 밖에 안 된다고 할 수 있다. 필자는 이 한 수에서 겨우 위와 같은 가치를 찾아낼 수 있었지만, 1, 2구에 주요구가 있는 것은 이 노래를 감상하는 데 도착적 감각을 주는 원인이 되고 있다고 생각한다. 이 노래는 어떤 의미에서는 참신하지만 작자의 생각은 더 복잡할 것이다. 더 의도가 있기를 기대한다.

> 자랑하기가 쉽기도 하겠구나 나도 이제는 나 일본인이라고 말하기
> 쉽겠구나
>
> — 아마쿠 다쿠오(天久卓夫)

씨의 노래를 보고 느끼는 것은 씨가 갖는 일종의 강하고 격한 특이한 감동성이다. 이 감격성은 참으로 괜찮지만, 이번 호의 노래처럼 작자가 갖는 강하고 격한 감동성이 너무나 강하고 격해서인지 단카 본래의 서정성 같은 것은 전혀 보이지 않고 쓸데없이 산문화되어 단순히 문자의 강함과 격함에 이끌려 독자에게 주는 작자의 감동이 극히 희박해져서는 곤란하다.

단 위 한 수는 그 중에서도 그런 경향이 가장 덜하다고 생각되는 작품이며, 어려운 내용의 복잡성도 어떤 의미에서는 재미있어 보이는 작품이다.

> 사람들 마음 그 속에 있는 것을 이것이라며 집어내어 말하는 이의
> 아름다움은
>
> — 쓰네오카 가즈유키(常岡一幸)

노련하다고 하면 노련하다 할 수 있지만, 그러나 익숙하다고 하는 편이 나을 것이다. 대개 이 작자의 경향은 파탄이 없다는 것이다. 일단은 잘 정리하는데 매력이 있지만, 그러나 또한 결점도 그 점에 있는 것이 아닐까 한다. 참신성의 결함, 유동의 부족과 같은 것도 이점에서 생긴 것이 아닐까? 요컨대 씨의 작품은 대개 가형(歌形)의 정돈감은 짚어낼 수 있어도 작품에서 발산되는 작자의 감동은 극히 부족한 점 등으로 미루어 봐도 그렇게 생각할 만하다.

비평 2

이마부 류이치(今府劉一)

쓰키가타 도시(月形登志) 씨

깨끗한 물에 마지막 후회없는 목숨이구나 대장부는 바다 밑 가서 안 돌아오네

태풍과 같이 빠르게 도망치는 적함 내던져 가라앉혀 버렸네 아끼는 전투기째로

　씨의 수법은 노련하다 할 수 있다. 마무리 방법이 확실하지만 조금 더 욕심을 내서 말하자면 상식적이고 비약이 없기 때문에 가슴에 와 닿지 않는다고 할 수 있다.

아라이 사다오(新井貞雄) 씨

연방 잇따라 밀려서 들어오는 깃발의 물결 정신없이 보다가 다리 굳어 버렸네(네덜란드령 인도 항복)

남하할 날도 가까이 다가오니 아름답게도 일본의 봄날들을 연습기들 춤추네

　앞의 노래는 제2차 전승 축하기 행렬을 읊은 것일 테고, 뒤의 것은 공군 병사들을 읊은 것이겠는데, 모두 핀트가 맞지 않는다. 더 절실하게 표현했어야 했다. 앞의 노래 '정신없이 보다가' 이하에서 그 때의 기분을 낸 것 같은데, 이것만으로는 북받치는 감격이 전해지지 않는다. 다음 노래

'일본의 봄'은 안이하지만, 그것보다도 연습기가 남쪽으로 가는 것이 아니기 때문에 '남하할 날도 가까이 다가오니'는 공군 병사를 일컫는 말인데 이대로는 연습기에 걸려 버린다. 대상을 확실히 파악하고 그것을 적격하게 표현하는 연습이 필요하다.

모리 가쓰마사(森勝正) 씨

첫 번째 노래 제3구 '있을 때 하고'라며 매우 강한 어조로 단서를 달고, 그 다음에 나는 진정한 야마토국민이라고 이어지고 있으므로, 이래서는 '그러면 그 이외의 때는 어떤가'라는 의구심을 갖게 된다. 두 번째 노래 마지막 구 '밀려 올라왔다'까지 끌고 갈 수 있는 감격이 없기 때문에 단순한 보고로 끝나 버렸다. 세 번째 수의 제3구와 마지막구를 '해의'로 음수율을 맞추려고 한 것인지 모르겠지만, 전체적으로 과시의 영역을 벗어나지 못한다.

오노 고지(小野紅兒) 씨

눈앞 자욱해 보이는 것이 없는 연막 아래서 이제 결행하려는 상병등 웃는 얼굴

거포(巨砲)가 한번 불을 토해 버리면 도망치려고 발걸음 빨라지는 적기 모습 생각나

모두 파조(破調)의 노래, 뒤의 것이 더 좋다. 표현은 뛰어나지만, 거기에 너무 흥미를 갖게 되면 좋지 않다.

나카지마 마사코(中島雅子) 씨

원시에 있던 나뭇잎 그늘 아래 정밀한 기계 조화를 이뤄 한 시대가 나뉘네

과학병기에 야자의 나뭇잎이 흔들리나니 병사의 발걸음에 정기와 감격 있네

씨의 것은 모두 산뜻하고 기분이 좋다. 대상파악도 확실하다. 이런 방법도 한 가지 방법이라 생각되지만 나는 이것들은 순전한 단카로 생각하고 싶지 않다. 그러나 씨의 시적 정신의 번득임은 잃지 않기를 바란다.

마에카와 유리코(前川百合子) 씨

소집 명령에 징병을 가는 병사 눈 번득이고 일장기 휘날리며 멀어져 가고 있네

2구의 '눈'은 '눈꺼풀'이며, 안구의 표면을 덮고 개폐하는 가죽 혹은 안저에 남는 영상을 말하는 것으로, 이 경우 적절한 말은 아니다. 그러나 작자는 '눈' 혹은 '눈동자'라는 의미로 사용했다고 생각한다. 이와 같이 안심이 되지 않는 경우에는 부지런히 사전을 찾아 봐야 한다. 이 외에 씨는 언어 표현을 좀 더 연습할 필요가 있다. (이는 초심자 모두에게 해당하는 말이다)

사이토 도미에(齋藤富枝) 씨

무리한 표현이 없고 위험한 느낌이 없지만, 너무 상식적이 되지 않도록 신경 써야 한다.

후지 가오루(ふじかおる) 씨

틈 날 때마다 어머니가 뜯어온 한웅큼 되는 쑥부쟁이를 넣어 죽을 쑤니 맛있네

깨소금 뿌려 적당히 맛을 내어 쑥부쟁이 죽 후루루룩 먹으니 봄향기 가득하다

유치한 구석도 있지만, 여성적이고 부드러운 맛이 있어 씨의 노래는 모두 매우 좋다. 장래가 기대되며 주목하고 싶다.

스기하라 다쓰루(杉原田鶴) 씨

산골 집에도 이제는 익숙해져 일 년 지났네 지금은 떠나가는 정든 마을이구나

3구의 '지났네'는 '지났지만'으로 아래에 계속되어야 한다. 또한 1, 2, 3구에서 이야기하고 있기 때문에 결국 '정든 마을'이라고 할 필요도 없다. 두 번째 '눈동자의 빛', 6번째 노래인 '눈에 스며' 등은 느낌을 말하고 있는 것이겠지만, 안이하고 독선적이 될 염려가 있어서 주의해야 한다.

이와타니 미쓰코(岩谷光子) 씨

바다에 가니 물은 맑디맑은데 시체 진주만 와다쓰미(わだつみ)[66] 물결에 넋은 흩어지누나

씨의 노래는 대체적으로 평이하다. 정진하길 바란다. 제4구 '물결에'는 '바닥에'로 바꾸고 싶다.

다카하시 미에코(高橋美惠子) 씨

전화벨 올려 룰러를 손에 들고 받아 들으니 수화기는 친구의 전근을 전하누나

갑자기 친구의 전근 소식을 듣고 깜짝 놀라는 기분은 드러나고 있지만 너무 산만하다. 좀 더 단순화를 꾀해야 할 것이다.

1, 2수 모두 아동을 읊은 것일 텐데 그 특징이 드러나지 않는다.

---

66) 일본의 신화에서 바다의 신을 말함.

사사키 하쓰에(佐々木初惠) 씨

장엄하게도 만세라고 외치는 소리보다도 가슴에 드리워진 흰 천이 눈부시네

유골은 흰 천에 싸여 전우의 가슴에 드리워져 있다—라는 전제 하에 읊은 것인데 엄밀하게 말하면 '가슴에 드리워진 흰 천' 만으로 '유골'을 말하고자 하는 것은 무리이다. 어쨌든 씨는 좋은 계통의 가인이니 앞으로가 기대된다.

다카하시 하루에(高橋春江) 씨

해뜨는 나라 백성 모두 일어나 몸뻬 차림에 부지런하게 방공 연습을 하는 아침

1, 2구는 과장이다. 이 노래의 '몸뻬'도 그렇고 처음 노래인 '태앵크으'도 그렇고 억지로 글자수를 늘려 그 수를 맞추려 한 것은 마음에 들지 않는다. 처음 노래는 첫 구를 '태앵크의'의 네 글자로 맺는 것이 오히려 긴장된 기분이 날 것이라 생각한다.

요네야마 시즈에(米山靜枝) 씨

봄의 바람이 몸에 스미어 드는 깊은 밤에도 하이얀 달무리가 촉촉이 빛나누나

추위가 누그러들었다고 하는 것이겠지만, 미온적이다. 비약이 있었으면 좋겠다. 그 다음 노래는 좋다. 마지막의 '은'은 불필요.

미쓰이 요시코(光井芳子) 씨

저 건너 강가 커다란 공장에서 검은 연기가 강물을 가로질러 이쪽 강가로 왔네

4, 5구는 연기가 강물 위를 건너 이 쪽 강가로 흘러왔다고 하는 것인데, 표현이 궁색하다. 4수째의 '시시각각'의 노래 2구의 '열리다'가 좀 이상하지만 좋은 노래이다. 그 다음 노래 '절반'은 어떨까 싶다. 결국은 '흔들리고 있다'이다. 마지막 노래는 매우 좋다.

우에노 도시아키(上野壽明)

바다독수리(海鷲) 꽃으로 노래되는 전격기이니 필살의 어뢰로써 적함을 분쇄하네
바다독수리 호주를 연일 폭격 일본 대상의 반격을 하는 기지 폭파하여 부수네

위 노래는 비교적 익숙한 느낌인데, 소위 어조만 강하고 작자의 감동이 조금도 드러나지 않는 노래가 이번 전쟁가 중에는 매우 많은 것 같다. 처음 노래는 4, 5구와 상구를 바꾸어 '말레이시아 앞바다 천심(千尋)[67]되는 바다을 향해 영국 국적의 동양 주력함 가라앉네'로 바꾸면 어떨까 싶다.

김인애(金仁愛) 씨

잔월(殘月)의 빛이 흐르는 마당으로 나오시어서 나의 완쾌를 비는 어머니의 기도라

'잔월(殘月)의 빛이 흐르는 마당'으로 정경에 너무 치우쳐서 어머니의 진지한 기분이 드러나지 않는 것이 아쉽다. 씨의 노래는 너무 안이하다고 할 수 있다.

우하라 히쓰진(宇原畢任) 씨

연한 녹음이 아련히 더해가는 버드나무 싹 그 싹 보니 드디어 봄이 가까이 왔네

---

67) 두 팔을 좌우로 벌린 길이. 매우 깊거나 길음을 뜻함.

1, 2, 3구 정도의 사생으로는 정경이 분명하지 않다. 따라서 개념적 노래가 되어 버렸다. 또한 4구의 '드디어(やうやく)'는 '드디어(ようやく)'의 잘 못.

한정된 지면에서 될 수 있는 한 많은 분들의 노래를 비평하려고 했기 때문에 말이 너무 짧아졌다. 궁금한 점은 공부를 위해서 한 말이니문의사항 많이 보내 주길 바란다. 얼마든지 설명을 해 드리겠다.

요컨대 노래는 언어의 예술이므로 파악한 대상을 어떻게 적절한 언어로 표현해야 하는지를 연습해야 한다. 이 때 성조를 잊어서는 안 된다.

이하에 비평한 분들 이외에 좋다고 여겨지는 노래를 들며 펜을 놓는다.

> 잔업을 하며 타이프를 혼자서 치고 있자니 밖에서는 눈보라 치고 있
> 는 것 같네
>
> — 히라누마 마사에(平沼政惠)

> 넉넉지 않은 생활이기는 해도 우리 두 아들 건강하게 자라니 기쁘기도
> 하구나
>
> — 기쿠치 하루노(菊地春野)

> 남쪽 바다의 섬에 대한 뉴스에 피 끓어 올라 대장부에게 지지 않으
> 려고 힘쓰네
>
> — 미요시 다키코(三好瀧子)

> 목숨이 있어 돌아오는 날에는 이 나무에도 몇 번이고 꽃피고 점점
> 자라나겠지(기념식수)
>
> — 세이간지 후미코(西願寺文子)

아침저녁에 지나는 길에 있는 오카와(大川)의 물 희미한 것을 보니
겨울에 들어섰네

— 가네미쓰 나오에(金光直枝)

의지할 곳이 없는 병사 처어칠 한탄했구나 싱가폴은 이미 함락이 되
고 보니

— 사카이 마사미(境正美)

마지막으로 6월호에 내가 쓴 '첨삭 3수'의 구중에 '군작(群雀)'으로 나와
있는 것은 '도작(稻雀)'으로 정정하기 바란다.

대동아 전쟁의 노래

쓰네오카 가즈유키(常岡一幸)

『국민시가』 3월호 특집호 대동아 전쟁시가집 단카란의 약 300수 중 인상적인 단카 약 30수를 추출하여 감상 내지는 단평(短評)을 할 생각이다.

모치즈키 시게루(望月茂) 씨

○ 말 걸어오는 라디오 가까이에 위치 정하고 전정가위를 가는 농부인 나조차도

○ 전국민들이 드디어 전쟁하는 폐하의 치세 산 보람이 있구나 농부인 나조차도

근대전에서는 병사 한 명을 전장에 보내기 위해서는 10명의 총후 생산력을 필요로 한다고 한다. 하물며 전쟁의 과학화와 사상전을 수반하는 근대전의 성격은 전선 총후의 거리를 현저히 단축시키고 있다. 이와 같은 총력전하의 총후 지역에서 발견되는 성전에 대한 절실한 관심과 마음가짐, 그리고 황국신민으로서의 긍지가 늠름한 자연스러움 속에 약동하고 있는 점에서 위 두 수는 대동아전쟁가로서 우선 추천할 만한 노래라 생각한다.

사이토 도미에 씨

○ 그대도 역시 부르심을 받아서 출정하고자 지금은 그저 마음 정하고 때 기다려

이것은 군적에 있는 남편을 갖는 아내의 각오이다. 그러나 이 아내는 쓸데없이 허세를 부리지 않고 '마음을 정하고서'라는 말로 내심 영육 이원의 상극을 고백하며 당연히 귀결되어야 할 무사의 아내로서 깨달음에 도달하고 있다. 어쩐지 마음이 끌리는 노래이다.

스에다 아키라 씨

○이국취미에 그린 말레이 버마 이제 뚜렷이 울려퍼져 나가는 승리의 함성소리

작자가 갖는 서정 내지는 유머의 복선을 소홀히 해서는 안 된다. 아래 두 수에 대해서도 같은 말을 할 수 있겠는데 규모의 크기 면에서 이 한 수를 취하고 싶다.

○미국이라는 나라의 밀림영화는 아주 간단한 동화로 보이지만 우리 군 진격하네
○코끼리 타고 우리 군 맞이하는 남쪽 나라의 국왕 있다는 말을 읽고 마음 즐겁네

작자가 갖는 서정과 재치 있는 경묘함은 여간해서는 도달하기 어려운 짐이지만, 씨가 극명하게 그린 군법에민 사로집혀 있는 깃은 찬성할 수 없다. 일찍이 작자는 이 작자에 대해 씨가 가지고 있는 별도의 대미중후(大味重厚)함을 찾아내고 싶다는 점을 지적했지만, 위 3수에 대해서도 마찬가지라 할 수 있다. 그것은 밀레가 갖고 있는 장중함도 아니고 레노먼드[68]의 웅혼한 터치도 아니며 실레[69]의 경묘함과 소탈함이다. 사실 그것도 훌륭한 그림이다. 그러나 아무리 좋아도 같은 것을 자꾸 보여준다면 또 그거야 라는 생각이 든다고 필자는 주장하는 것이다. 현명한 작자가

---

68) 레노먼드(Henri-Ren Lenormand, 1882-1951). 프랑스의 극작가.
69) 에곤 실레(Egon Schiele, 1890-1918)를 말함. 오스트리아의 표현주의 화가

그런 사실을 모를 리가 없다. 변화를 추구하며 고민하는 씨의 노작에 다음의 전기(轉機)를 기대하는 바이다.

세토 요시오(瀨戶由雄) 씨

○짐 일본천황과 일체와 같다 고 말씀하시니 눈물방울 떨어져 멈출 줄 모르누나(만주에서)

우방 만주국 천황께서 스스로 말씀하시는 일만일체(日滿一體)로구나, 우방이라고 해도 고국에서 먼 만주에서 절감하고 있는 황국신민으로서의 감사함은 비단 작자 혼자의 감동에 그치는 것이 아닐 것이다. 대동아전쟁의 확고한 의의와 기왕의 경과를 생각할 때 이 한 수 역시 버리기 힘들다.

호리 아키라(堀全) 씨

○일본에 태어나 황송스러운 마음 오늘의 날은 다시 오지 않으니 누리리 나의 목숨

『만요슈』의 가인은 '백성으로서 내가 살아간다는 증거이구나'라고 읊었는데, 이것은 같은 감개를 대동아전쟁 하의 쇼와 국민이 현대어로 읊은 것이다. 그런 새로움과 함께 긴밀함을 갖추고 있다는 점에 다른 노래와는 차별화된 이 가집의 장점이 있다.

노즈 다쓰로(野津辰郎) 씨

○폭격 시작된 무렵에 앵앵하며 호눌루루의 경보 라디오 소리 그 소리에 섞였네

자본주의적 침략의 불의의 번영 위에 선, 재즈와 쾌락으로 일관하는 나라, 격함 그 자체인 아메리카니즘, 물질을 자랑하며 교만하고 무례한 양키

에게 내면의 자긍심은 없을 것이다. 12월 8일 이른 아침 갑자기 꿈을 깨고 지축을 뒤흔드는 강력한 화약의 포효, 양키로서도 어울리지 않는 표정으로 정신없이 허둥대는 그들의 호들갑이 눈에 선하다. 교만한 미국의 최후의 날에 '하늘이다, 하늘이다' 라고 외치는 아나운서의 목소리도 떨리고 있었을 것이다. 거만한 다이라 씨(平氏)가 오래가지 못 한 것처럼 물질은 물릴 만큼 많아도 마음에 자긍심이 없는 양키들의 거만한 모습은 후대까지 웃음거리가 될 것이다. 사변 가집으로서 이 노래 역시 기록을 해 두고 싶다. 또한 작자에게는 다음 두 수가 있다.

○ 호눌룰루의 라디오의 뉴스를 듣고 있자니 동에서 동쪽으로 갔다고 하는구나

　이곳은 경도 165도, 바다와 하늘, 온통 푸른 태평양 한 가운데를 쓸쓸히 떠가는 무적함대에 들어오는 호눌룰루의 무전, 이는 만요인으로서는 도저히 생각할 수 없는 새로운 전쟁터이다.

○ 잠수함으로 세웠다는 공훈을 들을 때마다 이것도 역시 너의 배인가 생각한다(지지미쓰(千治松)잠수함에서)

　사랑하는 아들을 전장에 보낸 쇼와의 '해군의 어머니', 아니 아버지의 심경이다. 4구는 원래 '모두 너'로 되어 있던 것으로 기억하는데, 오히려 전작 쪽이 더 좋은 것 같다.

미치히사 료(道久良) 씨
○ 적도의 밑을 전진해 나아가는 폐하의 군대 그 소리 울려퍼지며 새해가 되었구나

적도를 넘어 바다 끝에서 땅 끝에서 하늘 끝에서 싸우는 필승불패의 황군이다. 이미 서전(緒戰)의 대전과를 올리고 빛나는 전승의 와중에 맞이하는 봄이다. 이 작품에는 그러한 희망에 가득 찬 밝은 전승의 봄기운이 흘러넘친다. 미키 요시코(三木允子) 씨의

○그저 간소한 설날 아침이지만 일찍이 없는 넉넉한 마음으로 뉴스 듣고 있누나

의 좋은 대상이 되는 작품이다.

또한 작자가 칙제(勅題)[70] '연봉운(連峯雲)'을 읊은 것으로 생각되는 것에

○아아 광영에 번쩍번쩍 빛나는 국민으로서 오늘은 보랏빛의 산을 맞이하누나

가 있으며, 또한 아래와 같은 노래도 한 수 있다.

○유구하기도 한 역사의 가운데 언제나 젊은 폐하가 다스리는 나라 백성 된 우리

미즈타니 준코(水谷潤子) 씨
○달빛이 가득 환히 밝은 초저녁 넓은 바다의 어디에서 새해를 맞이할까 아버지

이것은 쓰구시(築紫)의 바다가 아닌 이역만리의 신일본해에 아버지를 보낸 쇼와의 변방수비군 자식의 노래이다.

---

70) 천황이 내리는 시가의 제목. 특히 신년초의 와카모임의 제목을 말함.

요코나미 긴로(橫波銀郎) 씨

○감사하구나 내 아들과 숙취(熟醉)한 오늘 밤에도 생환 기할 수 없는 거친 독수리 나나

이것은 황군의 부단한 심로(心勞)에 바치는, 총후에서 감사하는 마음을 노래한 것이다. 제2구의 숙취는 '숙수(熟睡)'로 해야 했을 것이다.

이와부치 도요코(岩淵豊子) 씨

○부르심 받고 징병을 가는 아들 갖지 못하니 사람 좋아 보이는 숙박병사에 정성을

시모와키 미쓰오(下脇光夫) 씨

○국가적으로 싸우는 전쟁이니 이이누마(飯沼)비행사, 오에(大江)선수 징병 가 돌아오지를 않네

미치히사 도모코(道久友子) 씨

○루즈벨트를 악인이라고 치고 아이들 노네 그 안에 섞여 들여 내 아이도 노누나

위 세 수의 노래는 거국일치의 태세를 일상다반 생활 속에 자연스럽게 받아들여가게 하는 가작이다.

이상 주로 신인을 합쳐 전반에 걸쳐 필자에게 가장 인상적이라 여겨진 13수를 든 것인데, 다음에는 반도가단의 나머지 노병들(이라고는 해도 여기에서는 누구라고 이름을 거론할 수는 없다)을 섞어서 다시 13수를 들어 보겠다.

아마쿠 다쿠오(天久卓夫) 씨

○밀림을 지나 매진하여 와서는 시가(市街)에 오는 전차들의 늠름한 태도 자랑스럽다

이마부 류이치(今府劉一) 씨

○가뿐가뿐히 비행기 올라타는 병사들 보는 앞을 즐거운 듯이 뛰어오르며 가네(뉴스영화)

이와쓰보 이와오(岩坪嚴)

○필사적 폭격 이루어 내고서도 장하다 장해 계속해 반격하는 비행기 한 대 있네

시모와키 미쓰오(下脇光夫) 씨

○위대하구나 아시아의 역사의 기초 닦는 날 마음도 관대하게 먹으리라 우리는

스에다 아키라(末田晃) 씨

○ 폐하의 군대 올려보며 놀라는 소박한 백성 그런 백성이 지금은 천황폐하 위세에

와타나베 다모쓰(渡部保) 씨

○철로써 만든 전격기는 한 줄기 흔적 남기고 적군대의 전함을 폭파하고 떠나네

○아, 전격기가 발해 놓은 어뢰는 필살의 마음 물보라 일으키고 물살 가르며 가네

○태평양바다 주력함대라 하며 호언을 하고 죽어가는 사진은 이리도 조용하네

　　이상 모두 기교를 부린 당당한 작품이지만 중량감이 부족하다. 빈틈없이 단어를 다듬었지만 움직임이 적은 노(能)[71]의 고상한 느낌이 들지는 않는다. 여섯 번째 수의 '철의 배'의 작자는 이 단어의 음의 매력에 사로잡혀 있는 것 같다. 일곱 번째 수의 '필살의 마음 물보라' 등은 모두 2차적 반성의 소산이다. 주관을 배제하지 않고서도 정면에서 노래하여 이미 사

---

71) 일본의 전통예능인 노가쿠(能樂)를 말함. 귀족적, 철학적임.

생이 되었어야 한다. 일단의 친근감이 없는 것은 바로 그 때문일 것이다. 아래에 들고 있는 몇 수에 대해서도 같은 말을 할 수 있다.

아마쿠 다쿠오(天久卓夫)

○적도의 바로 아래에서 일장기 휘날리게 할 아들을 둔 어머니 조용히 애쓰누나

○신군이 온다 신군 온다 외치는 그 목소리에 군중 속에 있음을 새삼 느끼는구나

이마부 류이치(今府劉一) 씨

습격해 오는 적기가 불을 뿜고 떨어져 가니 투쟁하려는 이념 마침내 뚜렷하다

시이키 미요코(椎木美代子) 씨

○약관 나이의 항공병 공훈소식 듣고 나서는 어머니 된 마음에 눈물을 흘리누나

그야말로 대동아전쟁이라는 획기적인 시대적 사건에 반도 전가단이 일제히 불같이 타오르는 애국지정의 폭주가 전권을 뒤덮고 있다. 대하와 같은 이 팽배한 흐름 그 한 방울 한 알갱이가 모두 그칠래야 그칠 수 없는 애국지정이다. 그 일부를 골라내어 사소한 표현을 논해 봐야 쓸데없는 일이지만 한정된 지면에 남김없이 다 소개할 수 없는 것이 유감이다. 따라서 다음 십 몇 수의 노래를 예로 들어 어쨌든 필자의 소임을 다하고자 한다.

아카사카 미요시(赤坂美好) 씨

○전쟁은 정말 장기간 이어지겠구나 그날을 위해 바치고자 아들을 세 명 두었구나

여기에는 사랑하는 아이의 장래를 조국에 바치고자 하는 담대한 어머니의 모습이 있다.

이와쓰보 이와오(岩坪巖) 씨
○포로들 중에 세간살이를 들고 있는 사람이 있는 것을 보고는 모두들 웃는구나

자유주의란 국가주의와 대척하는 개인주의이다. '전선에서 우리들의 임무는 이미 끝났다. 우리들은 어디까지나 영국황제의 충실한 장병으로서 의무를 다했다'라고 하며 소지품을 들고 항복을 하는 그들은 도저히 구제할 길 없는 확실히 멸망할 자들이다. 그러나 그들의 행위를 비웃을 수 있는 것은 우리들이 갖는 일본정신 때문이며 그것은 조상에게서 물려받은 은혜에 다름 아니다.

간바라 마사코(神原政子) 씨
○일억 백성이 견디기 힘이 드는 분노가 이네 창생(蒼生)의 머리 위에 폐하 존재하시네

폐하는 일계 천자(一系天子)이며 스스로 신이신 현인신이시다. 여기에 일군만민(一君萬民)의 대의에 정진하는 신도가 등장하는 것이다.

기시 미쓰타카(岸光孝) 씨
○야마토정신(大和魂) 하나로 모아들여 폐하께옵서 다스리는 이 나라 지킬 때가 왔구나

비슷한 경지를 읊는 노래는 본 가집에도 십 몇 수 있지만, 작의가 너무 노골적으로 드러나 편승적 표어 같은 느낌이 들기는 해도 이 한 수를 들

고 싶다.

다카하시 하쓰에(高橋初惠) 씨

○전시 하 중의 처녀들의 모습은 기특하게도 몸뻬의 차림으로 공부하네 이 겨울

수시로 보이는 군국처녀 몸뻬부대야말로 앞으로 다가올 성전의 새로운 풍경이다.

후지카와 요시코(藤川美子)

○평화의 희구 이제씨 말하지 말고 커다란 나라 힘만을 믿고서는 자랑하지 말아라

꾸물꾸물 하는 미일회담 정말이지 참을 수 있을 만큼 참다가 제국이 보낸 평화사절 구루스(來栖)대사[72]에 응대한 미국의 회답은 우롱과 야유로 시종일관하는 제국에 대한 자살강요이다. 은인(隱忍)에 한계 있어 이제는 유구한 2천 6백년의 역사를 등에 지고 어찌 무찌르지 않고 그냥 두랴. 오로지 미영 응징의 방법 한 가지가 있을 뿐. 호리 아키라 씨도 역시

○3천년 동안 오랑캐의 더러움 모르고 있던 역사를 등에 지고 승리로 일관하리 라고 읊고 있다.

---

72) 구루스 사부로(來栖三郎, 1886.3.6.~1954.4.7.) 대사를 말함. 일본의 외교관. 주 독일 특명 전권대사로서 베를린에서 일독이 3국동맹에 조인. 그 후 특파대사로서 미국에 파견되어 태평양전쟁 직전 미일 교섭에 임함. 전후 GHQ에 의해 공직추방을 당했다.

미즈카미 요시마사(水上良升) 씨

○필 하버 저쪽 희미하게 적군기 날고 있는 게 보이는가 싶더니 미함정 가라앉았네(하와이 공습사진을 보고)

진주만 끝에서 한 척 한 척 가라앉아 가는 오만한 미함정의 말로를 기분 좋게, 필살의 땅 하와이상공 멀리에서 난무하는 우리의 용감한 해군의 웅장한 모습 태평양 천년 역사를 기분 좋게 그려내는 순간이다.

미치히사 도모코(道久友子) 씨

○ 견딜 수 없는 일을 견디어 내며 예까지 왔다 말씀하시는 말에 가슴이 먹먹하네(수상 방송)

시간이 경과하면서 이런 종류의 노래는 인상이 희박해지지만 이 노래에 의해 12월 8일의 눈물 섞인 수상의 방송이 눈앞에 되살아나는 것 같다.

와타나베 요헤이(渡邊陽平) 씨

○하와이 공습 소식 듣고 목소리 높이려 하자 우리 황군은 이미 말레이 괌에 있네

귀를 의심하는 하와이 공습 방송 홀연히 몸으로 느끼는 찰나의 긴장감, 그리고 연이어 들어오는 뉴스에 아아, 말레이에도 괌에도 황군은 무류의 신속함으로 입성했구나 하며 긴박함과 감탄이 교차하는 찰나의 감정은 이윽고 개선가로 바뀌어 간다. 이 노래 한 수는 개전 당초의 찰나를 방불케 해 준다.

이상에서 이미 예정한 30수를 들었는데, 필자는 스스로 존경하는 반도 가단의 노병 두세 명을 의도적으로 배제하고 있는 이 글을 읽으면서 쓴 웃음을 짓고 있을 얼굴이 눈에 선하게 떠오른다. 그러나 단카는 일종의 예도이다. 다감한 가인이 시심이 있는 것 같아도 새로운 작품을 쓸 수 없는 경우는 충분히 이해가 간다. 게다가 잡지의 시도에 부응하여 예술적 양심을 누르고 그 취지에 맞는 작품을 내야만 하는 고충 역시 동정할 수 있다. 뜻하지 않게 그런 경지에 있었다고 생각되는 이들 두 세 명의 작품에 대해 작자는 언급하고 싶지 않다. 어쨌든 공격을 해서 지는 일이 없고 싸워서 이기지 않는 적이 없는 황군용사의 분투에 대해서는 그저 감사할 뿐이다. 조국 일본에 의해 바야흐로 새로운 인류의 역사가 만들어지고 있다. 몇 세기에 걸쳐 약소민족의 희생과 자본주의적 착취 위에 세워진 미영 불의의 번영은 몰락 전야에 있다.

　인류 5천년의 역사가 국가 멸망의 역사였던 것처럼, 고대 로마처럼, 그리이스처럼, 이집트처럼, 페르시아처럼 미영 역시 멸망해 가고 있다. 일본만은, 오직 늘 젊은 나라 일본만은 2천육백 년을 계속해서 흥륭(興隆)해 왔고 미래에 걸쳐 천지와 함께 무궁하게 더욱더 번영을 하고자 새로운 비약을 앞에 놓고 싸우고 있는 것이다. 문화인의 임무를 띤 우리 시인, 가인들 역시 황군의 전과와 표리일체가 되어 새로운 내일의 승리와 비약을 위해 불패의 문화를 구축해 가야 한다고 생각한다.

　2천 6백년을 흥성해 온 황국의 크고 강함을 나는 믿어 의심치 않는다.

—1942.4.30.

상병(傷病) 용사
―위문단카회―

7월 13일(일) 용산 육군병원분원에서 국민시가 주최 백의의 용사 위문
단카회를 개최했다. 당일은 급한 용무가 있어서 각 회원들에게 통지할 틈
이 없었는데 이는 매우 유감이다. 일단 미치히사 료, 나카노 도시코 두 사
람이 출석했다. 금후 월 1회 정도는 단카회를 개최할 예정이니 회원 여러
분은 될 수 있는 한 출석하시길 바란다.

시평(時評)

스에다 아키라

대동아전쟁을 노래한 작품은 어느 것을 보아도 비슷한 감동을 표현했다고 하는 이야기를 자주 듣는다. 이는 어느 정도 어쩔 수 없는 일이었을 것이다. 너무나 큰 감동이라기보다는 격정 때문에 자기 자신을 조용히 돌아볼 여유가 없었던 것이다.

이런 현상은 상당히 기량이 있는 작가들의 경우에도 마찬가지이다. 그렇지 않다면, 단순한 기록보고로 끝나는 것들이다. 하지만 이러한 현상이 여전히 계속되어도 괜찮은 것일까? 여기에서 우리는 개성의 문제를 거론하거나 참신하고 늠름한 감정을 요구하는 주장을 볼 수 있다. 이 문제에 대해 본 잡지상에서도 여러 각도에서 논평한 바 있다.

우리들은 전진해야만 한다. 그리고 창작 본연의 모습으로 돌아가야만 한다. 문학작품의 창작활동은 인생의 모든 문화적 노력과 마찬가지로 개인이 자기보다 더 한층 영구한 것과 결합하고자 하는 바의 본능적 욕망의 현현이다 라고 한다면, 대동아전쟁에서 우리들의 창작상의 신념이라고 할 수 있는 것은 분명하다.

그를 위해서는 작자 본인의 느낌 및 그 표현이, 될 수 있는 한 개성적이어야 할 필요가 있는 것은 아닐까? 이 점이 소위 실제적 일, 예를 들면 신문지상의 '제목'과 예술작품의 차이가 되어 표현되는 것이다.

그러나 이 개성표현은 과거 작가의 작품이 우리들에게 주었던 감명 내지 작품 그 자체에서 오는 것이 아니라, 거기에서 활동하고 있는 작가의 성격의 색조에서 오는 것이어야 한다고 생각한다. 작품 그 자체에 표현되어 있는 깊은 감명이 특수하고 영구적인 것을 대표하는 시대상이어야 할 것이다.

우리들은 이미 활동하고 있는 작품을 너무나 만끽하고 있다. 이제 확실하고 깊고 윤택한 전쟁시가를 기대해도 좋지 않을까?

후기

스에다 아키라

본호는 갑작스러운 인쇄소의 변경에 의해 간행이 늦어질 수밖에 없었다. 현시국에서 잡지발간이 종종 사정에 의해 늦어지는 것은 정말 어쩔 수 없는 일이다. 그래도 매월 순조롭게 발행되고 있는 것은 감사한 일이다. 회원 여러분께서도 그간의 사정을 이해해 주시기를 바라는 바이다. 앞으로는 인쇄소도 양호해 질 것이기 때문에 정기적으로 발행될 것은 틀림이 없다고 생각한다.

×   ×   ×

다음호는 본지 발행 1주년에 해당하기 때문에 여러분의 작품은 물론 논문, 수필 등의 투고도 있기를 바란다. 본지도 그간 내용도 형식도 점차 정비되고 있음은 잘 아시는 바와 같다.

×   ×   ×

본지 회원으로 대동아전쟁에 소집되신 분이 있다. 그들 회원으로부터는 본지의 성장을 희망하는 서신이 와 있다. 우리들로서도 미력하나마 금후 함께 노력하고 싶은 생각이다. 전선에서 조금이라도 본지에 의해 위로를 받는 일이 있다면, 우리들로서도 일말의 용기를 얻는 기분이 들 것이다.

×   ×   ×

회원 고우콘 준코(鄕右近順子) 씨가 7월 2일 영면하셨다. 삼가 명복을 빈다.

×　　　　　　　×　　　　　　　×

지부 가회(歌會)의 작품은 본지상에 게재하고 싶으니, 앞으로 가회작품 은 송부 바란다.

×　　　　　　　×　　　　　　　×

지금까지 여러 가지 사정으로 인해 회합을 별로 개최하지 않았는데, 앞 으로 가회, 시회를 열었으면 한다. 부디 많은 회원들의 참가를 바란다. 또 한 본지에도 별기해 두었지만, 육군병원 백의의 용사를 위한 위문단카회 에는 뜻있는 분들의 많은 참가를 바란다. 그것은 본지간행 의도에도 맞는 일이며, 총후문예보국의 일단이 되기도 할 것이라 생각된다.

조혈영양

허약체질, 선병질 개선에는
종래의 간유만으로는
영양이 부족합니다만,
에이디 는 농축 간유에
뒤지지 않는 비타민A·D
외에 B₂ 호르몬 조혈소가
풍부하며, 호흡기 점막을
강화하고 쇠약한 기운을
회복시키며 체력을 고도로
끌어올려 피로 경감을
도모하며 혈색을 풍요롭게
하는 효과가 매우 큽니다.

비혈에

피로에

지지마라

농림성(수산시험
장제조)제조

(와카모토 본점 판매)

백정 이원 삼십전

에이디

허약·빈혈·결핵·약시·골치 부전

『국민시가』 1942년 8월호 해제

본권은『국민시가(國民詩歌)』 창간 2년째 8월호로, 체재는 평론7편, 48인의 단카를 게재한 단카란 2개, 헌납시 및 서사시 2편, 16편의 현대시를 게재한 시란 2개, 단카평 및 시평 3편, 기타 '좌표'란, 후기 등으로 구성되어 있다. 구체적인 내용과 특이점은 다음과 같다.

평론은 태평양전쟁 발발 이후 전시총동원체재 하에서 전의 고양을 위한 문학(시)의 사명, 역할을 강조하며, 방법론적으로 서구의 개인주의, 합리주의, 허무주의, 낭만주의, 탐미주의 등을 지양하고 일본정신의 구현을 역설하는 가론, 시론, 문학론으로 이루어지고 있다. 스에다 아키라의 「문학의 탄생」은, 개인의 감상을 표현하고 개인의 권리를 주장하는 서구문학을 지양하고, 모토오리 노리나가의 국학, 마사오카 시키의 기백을 본받아 젊은이들의 일상생활에 침투한 대동아정신의 전력을 응축시킨 문학의 탄생을 촉구하는 내용을 담고 있다. 니시무라 마사유키의 「전쟁과 문학-단카 작품에 대해서」는 대동아전쟁을 다룬 단카가 단조로운 것은 일본정신의 현현에 원인이 있는데, 이는 단순해 보여도 그 배후에는 위대함과 아름다움이 존재한다고 항변한다. 시모와키 미쓰오의 「젊음에 대해서-가인의 입장에서-」는 베르테르와 같은 청춘의 개인적 혼란과 방황을 벗어나기 위해서는, 19세기 서구의 합리주의를 청산하고『일본서기(日本書記)』,『고지키(古事記)』와 『만요슈(万葉集)』,『하가쿠레(葉隱)』 등에 나타난 선조들의 민족정신을 이해하고 되살려야 함을 젊은 가인들에게 요구하고 있다. 아마가사키 유타카의 「시 혹은 시인에 대해서」는 프랑스는 잘못된 탐미주의로 인해 사회사상, 정치적 행동, 자연과학에 대한 동경에서 멀어져 민족

파괴를 촉진했다고 하며, 시는 쾌락의 대상이 아니라, 문화의 최고봉에 위치하여 정치를 지도하고 종교, 교육, 예술, 전쟁, 이 모든 것을 유도하는 원천임을 자각하고, 민족정신, 국민정신, 신민정신, 황민정신을 고양해야 한다고 주장한다. 도쿠나가 데루오의 「시에 있어서의 영웅성」은 서양시의 모방을 배척하고 새로운 일본정신에 의한 일본주의 시를 발표해야 할 시대라고 표명한다. 시로야마 마사키의 「대상의 파악에 대해」는 창작의욕의 발동을 위해서는 대상을 파악하고자 하는 정열이 있어야 하며, 바쇼의 시나 현금의 전쟁시는 감동이 너무 커서 대상 파악이 제대로 이루어지지 않고 있다고 하고 있다. 조우식의 「일상의 변모에 대해」는 국민들의 일상의 변모를 아름다운 언어로 노래하는 것도, 전장의 현실을 기록하는 것도 모두 국민시의 임무라 주장하고 있다. 또한 조우식의 「죽음의 상—사네카타 세이이치의 죽음」은 젊은 나이에 결핵으로 죽은 친구 사네카타 세이이치의 죽음의 순간과 그의 유고를 발견해 게재하고 있다. 유고에는 결핵으로 시한부 인생을 사는 와중에도 애국시, 조선시단의 발전을 위해 노력하겠다는 결의와 동시에 인재가 필요한 비상시에 병으로 인해 국가를 위해 헌신할 수 없는 자신의 처지에 대한 자책이 드러나 있다.

단카란은 확대되는 태평양 제도의 전황보도, 천황의 병사들의 무훈, 희생, 전의 결의, 병영이나 훈련도장, 포로병 등의 모습을 소재로 하고 있다. 특이사항으로서는 이 해 5월 실시된 조선인징병제도 실시의 기쁨과 그에 대한 조선 청년들의 반응을 그리고 있으며, 알류샨, 미드웨이, 뉴기니아, 호주 시드니, 마다가스카르 등 태평양제도로 확대되는 전황이 그려지고 있다는 점이다. 또한 전황의 격화에 따라 전지로 자식을 보내는 부모, 어린이, 여성 등의 총후 일상생활이 그려지고 있다. 특히 여성 가인들의 작품에는 군국의 어머니로서의 모성과 남편이 전장에 동원된 후 일상생활 담당하는 여성의 생활상이 그려지고 있는데 이 역시 시대상의 반영으로 볼 수 있다.

다나카 하쓰오의 「고사산 석반 위에서 맺은 맹세」는 신공황후의 명을 받고 백제에 건너온 황군이 신라를 무찌른 이래, 대대로 내선이 하나 되어 번영하게 되었음을 예찬하는 서사시이며, 모모타 소지의 「우리는 발구르기를 하고 있다」는 진주만공격이 개시된 1941년 12월 8일 초등학교 교정에 휘날리는 일장기와 1학년 학생들의 결의 모습을 그린 헌납시이다.

현대시는 추락하는 전투기 조종사의 모습, 전장에 나간 아우의 편지를 소재로 하는 전시색이 드러나는 시도 있기는 하지만, 전시색이 드러나지 않는 시들이 오히려 주류를 이루고 있어 흥미롭다. 즉 좌익 극작가, 연출가로서 알려진 주영섭의 「당나귀」를 비롯하여, 김경희의 「여행」, 조우식의 「애가(제1가)」, 후지타 기미에의 「해질녘의 악보」, 강문희의 「하룻밤」 등의 목가적, 낭만적 시, 아베 이치로의 「사랑하는 이에게 보내는 소식」과 같은 연애시, 기타무라 요시에의 「봄의 등허리」와 같은 관능적 탐미적 경향의 시가 주류를 이루고 있다. 낭만적, 감정적, 탐미적 경향의 시를 배제하고자 했던 본지의 편집 방침과 부합하지 않는 경향을 드러내고 있는 점, 단카에서보다 조선인 작가의 활약이 두드러진 점은 주목할 만하다.

단카평은 본지 6월호 단카 작품을 품평하고 있는데, 대부분 전쟁을 소재대상으로 하다 보니, 사생의 부족, 소재의 단카적 압축, 순화, 정련 작용의 부족 등으로 인해 참신성이 부족하다고 지적하며, 반도가단의 지도적 역할을 하는 출영(出詠)자들이 질적으로 향상될 것을 촉구하고 있다. 「대동아 전쟁의 노래」 역시 본지 3월 특집호 대동아 전쟁시가집 단카란의 약 300수 중 인상적인 단카에 대해 감상 내지는 단평(短評)을 하고 있으며, 「시평」 역시 대동아전쟁을 노래한 단카에 대해 단순한 기록보고에 지나지 않는 것이 대부분이라며, 참신한 개성적 감정의 표현을 요구하고 있다.

기타 「좌표 8월」은 회원들의 포스트로서의 좌표란 설정 의의, 회원 회합 등을 안내하고 있으며, 「후기」에는 갑작스러운 인쇄소의 변경에 의해 간행이 늦어졌는데 이는 현시국에서 어쩔 수 없는 일이며, 앞으로는 틀림 없이 정기적으로 발행될 것이라며 양해를 구하고 있다. 또한 본지 회원으로 대동아전쟁에 소집된 회원에 대한 소식과 육군병원 위문단카회 참가 안내가 나와 있고, 7월 13일 용산 육군병원분원에서 『국민시가』 주최 위문단카회를 개최했다는 공지가 게재되어 있다.

이상과 같이 본권은 태평양전쟁 발발 후 총동원체재 하에서, 문예보국 이라는 『국민시가』 창간 목적에 충실한 문학(시) 창작을 지향하고 있다. 즉 평론에서는 일본의 정신을 발현시켜 애국정신, 민족정신을 응축시킨 국민시의 역할을 강조하고, 단카 역시 그와 같은 문학정신을 철저히 구현 함으로써 총후문예보국의 일단으로서의 역할을 다하는 작품으로 이루어져 있다. 그러나 현대시는 바람직한 국민시 즉 애국정신, 민족정신을 고취 시키기 위해 대립항으로 설정하여 비판한 서구문학의 특징인 개인적, 감상적, 탐미적, 낭만적 경향의 시가 주류를 이루고 있어, 문예보국이라는 본 잡지의 편집방침과 부합되지 않는 측면이 있어 흥미롭다.

― 김효순

인명 찾아보기

항목 뒤에 ①, ②, ③, ④, ⑤, ⑥, ⑦은 각각
① 『국민시가』 1941년 9월호(창간호), ② 1941년 10월호, ③ 1941년 12월호,
④ 1942년 3월 특집호 『국민시가집』, ⑤ 1942년 8월호, ⑥ 1942년 11월호,
⑦ 연구서 ≪문학잡지 『國民詩歌』와 한반도의 일본어 시가문학≫을 지칭한다.

ㄱ

사항 찾아보기

ㄱ

ㅎ

『하가쿠레(葉隱)』　⑤-26, ⑤-149

하와이(Hawaii)　④-16, ④-18, ④-25, ④-31, ④-33~34, ④-39~40, ④-60, ④-68, ④-126, ⑤-32, ⑤-139, ⑦-132~133

『한국교통회지(韓國交通會誌)』　⑦-17, ⑦-73

『한반도(韓半島)』　⑦-17, ⑦-73

『한향(韓鄕)』　⑦-58~59, ⑦-69

『현대조선단카집(現代朝鮮短歌集)』　⑦-38, ⑦-65

호놀룰루(Honolulu)　④-31, ④-39, ④-68

『호토토기스(ホトトギス)』　⑦-73

황국신민(皇國臣民)　①-21, ①-23~26, ①-152, ②-17, ②-184, ③-174, ⑤-129, ⑤-131, ⑥-33, ⑥-39, ⑥-141, ⑦-85, ⑦-96, ⑦-111, ⑦-135~136, ⑦-138

황군(皇軍)　①-63, ①-98, ②-80, ②-108~109, ②-149, ③-52, ③-110, ③-160, ④-18~19, ④-23~24, ④-26~27, ④-29, ④-31, ④-34, ④-39~40, ④-77, ④-85, ④-90, ④-95, ④-99, ④-108, ⑤-38, ⑤-113, ⑤-133~134, ⑤-139~140, ⑤-151, ⑥-35, ⑥-108, ⑦-66, ⑦-101, ⑦-102, ⑦-106~108, ⑦-139, ⑦-155

흑선(黑船)　⑥-35

흥아(興亞)　⑥-27, ⑥-33, ⑥-150

『히노데(日の出)』　⑤-101

히라타 세이추(平田成柱)　⑤-114

『히사기(久木)』　⑦-25, ⑦-46~47, ⑦-51, ⑦-57, ⑦-59, ⑦-62, ⑦-65

[영인] 國民詩歌 八月號

여기서부터는 影印本을 인쇄한 부분으로 맨 뒷 페이지부터 보십시오.

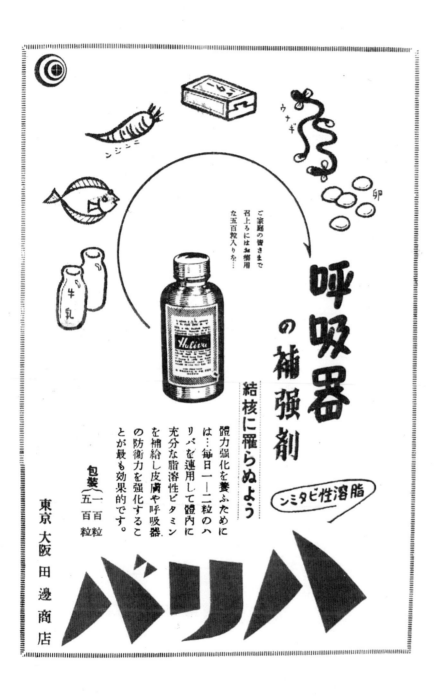

後記

いこと思ふ。

×　×　×

來月號は、本誌發行一週年にあたるので、諸氏の作品は勿論のこと、論文、隨筆等にもふるつて投稿されんことを望む。本誌も、此の間におつて、内容形式も漸次整備されてゐることは御承知のとほりである。

×　×　×

本誌會員にあつても、大東亞戰爭のために應召されてゐる方がある。其等の會員よりは本誌の成長を希望せられる書信を寄せられてゐる。我々としても、微力ながらも、今後共に務めたい考へである。戰線にあつて、いささかでも本誌によつて慰められつつあることは、我々にとつてもある勇氣を興へられるの感が深いのである。

×　×　×

會員鄭右近順子氏には、七月二日永眠された。謹んで御冥をお祈りする。

×　×　×

支部歌會の作品は本誌上に掲載したいので、今後の歌會作品は御送り願ひたい。

×　×　×

今迄は種々の事情によつて、會合等もあまり開催しなかつたのであるが、これから歌會詩の會をひらきたいと思つてゐる。共節いぜひ多數の會員の御參加を御願ひする。尚本誌にも別記してあるのであるが、陸軍病院白衣の勇士の慰問短會歌には、有志の方々の御出席を得たい。しかして、本誌刊行の意義にもなることであるし、銃後文藝報國の一端にもなるのではないかと思ふ。（末田晃）

本號は印刷所の突然の變更等によつて、遲刊のやむ得なきにいたつた。現時局にあつては、雜誌刊行が種々の事情によつて、遲刊することは誠に致方がないことである。それでも、毎月順調に發行されてゆくことは有難いことである。會員各位におかれても、此の間の消息を諒とせられんことを御願ひする次第である。之からは、印刷所の方も良好にゆくので、定期的に發行されることは、間違ひな

國民詩歌

八月號

昭和十七年七月廿五日印刷
昭和十七年八月一日發行

編輯兼
發行人

道久良

京城府光熙町一ノ一八二

印刷人

近澤茂

京城府長谷川町七四

印刷所

近澤印刷部

京城府長谷川町七四

發行所

國民詩歌發行所

京城府光熙町一ノ一八二

原稿は毎月五日迄到着のこと

定價金

五十錢

時評　★

大東亞戰爭を詠つた作
品がいづれのものを觀て
も、同じやうな感動表現
であるといふことは、し
ばしば言はれてゐる。こ
れはある程度やむを得な
かつたことであらう。餘
りにも大きい感動といふよりは、激情のためにおのれ自身をし
づかに省みる餘暇がなかつたのである。

この現象は、相當伎倆のある作家達にあつても同樣であった
のである。それでなかつたならば、單なる記録報告に終つてゐ
る類である。が、伺かかる現狀であつてよいのであらうか。此
處に於いて、われわれは個性の問題をとりあげたり、新鮮で逞
しき感情を要求してゐる議論に接するのである。この問題に就
いて、本誌上に於いても種々の角度から評されたことである。
われわれは前進しなければならない。そして創作の本然的す
がたに還るべきである。文學作品の創作活動は、人生のあらゆ
る。文化的努力と同樣に、個人が自己よりも一層恒久なるもの
と結合しようとする所の本能的なる欲求の顯現であるとするな
らば、大東亞戰爭に於いて、われわれの創作的信念とも言ふべ
きものは明かなことである。
そのためには、作者其の人の感じ方及びその表現とが出來得
る限り個性的であるべきことが要求されるのではなからうか。
この點が所謂實際の仕事、例へば新聞紙上に於ける「見出し」
倏と、藝術作品の相違となつて表現されるのである。
しかしながら、この個性表現が過去の作家の作品がわれわれ
に與へてゐた感銘し作品そのものからして來るのではなくして
そこに活動して居る作家の性格の色調から來るやうなものであ
つてはならない。と思ふ。作品そのものの表はされてゐる深い感
銘が、特殊的な永久的なものを代表してゐる時代相でなければ
ならないであらう。
われわれは、すでに活動してゐるやうな作品を飽りに滿喫し
てゐる。もう、確かな深いゆたかな戰爭詩歌を飽りに期待していいの
ではなからうか。

末田　晃

によつて十二月八日の臺濱共に下る首相の放送が眼前に蘇るのである。

渡邊陽年氏

○ハワイ空襲の報に挙をあげしとき皇軍はすでにマレー、グアムにあり

耳を疑ふハワイ空襲の放送忽然として身内の引きしまる刹那の緊張漲ぎいて入り來るニュースに、ああ、マレーにも、グアムにも、皇軍無類の神速に緊迫と感歎との交錯する刹那の感情はやがて凱歌と變じてゆく、この一首は開戰當初のそうくん刹那を彷彿せしめて呉れるのである。

以上で既に豫定の三十音を舉げたのであるが筆者は自ら察敬する二三の半島歌壇の老兵の人人を故意に抹消してゐるのである、この一文を讀まれつつ苦笑されるであらう、それらの人人の顔が筆者の臉に浮んで來るのである。しかし短歌は一の藝道である多感な歌人が心のあり樣で新作をものし得ない場合は充分理解し得られるのである。しかもなほ雜誌の試みに應じて藝術的良心を殺して寡にそまぬ作品をも出さねばならぬ苦痛をも亦同情出來るので

ある偶くそうした境地にあつたと思はれるこれら二、三の人人の作品に筆者は觸れたくないのであるともあれ攻めて落ちざるなく戰つて勝たざるなき皇軍勇士の奮闘に對しては唯感謝あるのみである祖國日本によつて今や新らしき人類の歷史は創られつつあるのである。幾世紀に亙り弱少民族の犧牲と資本主意的掠取の上に立てられた米英不義の繁榮は沒落の前夜にあるのである。人類五

千年の歷史が國家其の亡の歷史であつた如く古代ローマの如くギリシャの如くエジプトの如くペルシャの如く米英も亦まさに亡びゆかとしてゐるのである。日本のみは、ひとり當者の國日本のみは二千六百年を興隆しつつけつつ未來に亙つて犬壞とともに無窮に彌益榮えむとして新たなる飛躍を前に戰ひつつあるのである。文化人を以て任ずる吾々詩歌人も亦皇軍の戰果と表裏一體となつて新しき明日の勝利と飛躍の爲に不敗の文化を築き上げねばならぬと思ふのである。

二千六百年を興しつつ來し皇國の大き強さをわれ疑はず。

――（一七・四・三〇）――

―（88）―

傷病勇士
慰問短歌會

七月十三日（日）龍山陸軍病院分院に於て、國民詩歌主催白衣の勇士慰問短歌會を開催した。當日は、何分急なことであつた爲めに、各員に通知する暇がなかつたのは甚だ殘念であつた。取敢えず道久良、中野俊子の二氏が出席した。今秋月一回位は短歌會開催の豫定であるので、會員諸氏には成可く出席されるやう御願ひしたい。

の如きこの澎湃たる流れ、その一摘一粒が悉くやまんとしてやみ能はぬ愛國の至情である。その一部を掬して些々たる表現の功拙を論じても初まらないといふ氣がするのであるが限りある紙面に悉くをつくし得ないのは遺憾である。從つて次に十數首の歌を列擧してとに角三十首として筆者の責を塞ぎしたいと思ふのである。

赤坂美好氏

○戰爭は長期にわたらむその日こそ捧ぐべき子の三人を持てり

ここには愛兒の將來を祖國に捧げむとするすがしき母の姿があるのである。

岩坪　鎰氏

○捕虜のなかに調度品を持てるがをれば笑ふ我らへり

自由主義とは國家主義と對遮する個人主義である「戰線に於ける我等の任務は旣に終つた、われらは飽くなき迄英皇帝の忠質なる將兵として義務を果した」といつて身のまわりの品を携へて降伏し來る彼等は所詮度し難き衆生であり亡ぶべく生れ付いてゐるのである、然し彼等の行爲を笑ひ得るのは我我の持つ日本精神の故であり祖先に水けた恩に外ならないのである。

神原政子氏

○一億のこらへかねたる憤り起つ蒼生の上に君はまします

君は一系の天子であり自らにして神にまします現神天皇である、ここに一君萬民の大義に邁進する臣道が竉するのである。

岸　光孝氏

○大和魂一つと凝らしすめらぎのみ國護らむ時來りたり

同様の歌境は本集中にも十數首あるのであるが作意の露骨に現は

高橋初惠氏

○戰時下の乙女の姿いじらしくモンペをはきて學ぶこの冬を

陸所に見らるる軍國乙女モンペ部隊こそ今次聖戰に於ける銃後の新風景である。

藤川美子氏

○和平帝求々にして云はず大いなる國の力を恃まざらめや

日米會談花再實に八ヶ月忍ぶべからざるを忍んで帝國の途つた平和使節米稲大使に應ぶる米の回答は愚弄と揶揄に終始する帝國への自殺强要である。隱忍限りあり、今は、今は悠久二千六百年の歴史を負ひて撃ちてしやまむ米英膺懲の一途のみ、堀金氏も亦

○三千丈のけがれしらざりし歴史に負ひて勝とつらぬかむ　と

詠むのでるのである。

水上眞升氏

○パールハーバの彼方にかすかに味方機の飛び居る見えて米艦沈む

（ハワイ空襲寫眞を見て）

眞珠灣頭に喘ぎつつ驀一隻沈みゆく傲慢米艦の末路の快よさ、必殺の地ハワイ上空遠く亂舞するわが海の荒鷲の雄姿太平洋千年の歴史を快する瞬間である。

道久友子氏

○忍ぶべからざるを忍びてここに至りぬとのらす言葉に胸ふたがりぬ

（首相放送）

時の經過とともに此種の歌は印象が稀薄になるのであるがこの歌

れたあまりにも便乘的な標語熱たるものは姑く措きこの一首を抽出したいのである。

—(87)—

これは皇軍不斷の心勞に捧ぐる銃後のおのづからなる感謝である

第三句熟醉は熟睡とすべきである。

岩渕豊子氏
○召され征く子をもたざればひとよさの宿りの兵もねむごろにせな

下脇光夫氏
○國擧る戰なれば假沼飛行士、大江選手も征きて還らず

道久友子氏
○ルーズベルトを惡人に做して幼らの遊べる中に吾子もまじれる

右三首は何れも擧國一致の態勢を日常茶飯の生活の中に自然に肯かせしむる作品である。
以上主として新人を混へて全殺に耳つて笙者の最も印象を與へられた十三首を擧げたのであるが次に謂ふ所の牛島歌壇の爾余の老兵ども（といつてもここには誰々とあげるわけにはゆかない）を混へて更に十數首を擧ぐれば

天久卓夫氏
○密林を蹈逃し來りて市街に入る戰車の橋へたる力に怖む

今府劉一氏
○輕がると機に乗る兵ら見る前をたのしむごとく飛び立ちゆきぬ（ニュース映畫）

岩坪巖氏
○必死の爆撃遂げてあはれあはれ反轉しつつある機が一機（眞珠灣攻撃寫眞）

下脇光夫氏
○大いなる亞細亞の歴史礎く日ぞ心おほらけく我等はあらむ

末田　晃氏
○皇軍神とあふぎておどろける素朴の民のいまは御稜威に

渡部　保氏
○雷撃の鐵の航跡が一すじに敵戰艦を爆破し去りぬ（ハワイ海戰の寫眞を見る）
○雷撃機が放つ魚雷は必殺の水しぶきさへあげて切りゆく
○太平洋主力艦隊と豪語せし亡びゆく鴬眞かくも胖けく

以上何れも技を凝らした堂々たる作品あるが重量に乏しい樣である抜目のないタンゴの巧緻さはあつても動きの少ない能の高さをゆくものとは思へないのである。六首の「鐵の殺」跡作者はこの語音の魅力に囚はれてゐる樣である）七首の「必數の水しぶき」等はいづれも二次的な反省の所産である。主觀をのそかせずとも正面から歌つて既に寫生とならねばならぬ筈であろ、一樣の親しみ難きものあるはその故で、僕はそう思ふのである。左の數首に對しても同樣なことが言ひ得られると思ふのである。

天久卓夫氏
○赤道直下に日の丸の旗なびかする子の母にしてしづかに勵む
○神軍來る神軍來ると叫ぶこゑ群衆のなかにあるを想はむ

今府劉一氏
○喪ひ來し敵機火を噴きて落ちゆけば闘爭の理念いよよ冴ゆるか

推木美代子氏
○若冠の航空兵が勳功に母のこころとなりて泣きたり
流石に大東亞戰爭といふ劃時代的の事件に牛島全歌壇を擧げての火と燃ゆる愛國の至情は脈々として卷を拖ふてゐるのである。大河

それ作者一人の感動にとゞまらんやである。大東亞戰爭の確源なる意義と既往の總過を考ふるときこの一首も亦捨て難いのである

花たる新戰場である。

○潜水艦の立てし勲を聞くごとにどれもこれもお前の體だと思ふ（千泊松濱水艦にあり）

愛兒を戰場に送つた昭和の「水兵の母」ならぬ父の心境である。四句に誰には「みんなお前」となつてゐた樣に記憶するのであるが前作の方が寄ろ良い樣である。

道久　寬氏

○赤道の下おし逃むいくさのとどろくなかに年明けにけり

赤道を越えていやはての海に陸に戰ふ必勝不敗の皇軍あり。既に緒戰の大職果を入れて輝かしき戰勝の中に立ちかへる春であ
この作にはそうした希果に滿みた明るい戰勝の春が横溢してゐるのである。三木允子氏の

○「簡素なる元朝なれどかつてなき豐けき心にニュース聞きをり」と良き對象である。

伴作者が勅題「進業雲」を詠むだと思はれるものに

○「光榮に輝やく國の民にして今日むらさきの山にむかへる」があり更に左の一首がある。

○悠久の歷史の上に常若きすめらみくにの民なりわれら

水谷潤子氏

○月滿ちて明るき宵を洋上の何處にか年をむかへん父は

これは筑紫の海ならぬ微芽木一萬浬の新日本海に父を送つた昭和の防人の子の歌である。

横波銀郎氏

○有難し吾子と熟酔のこの夜も生還期せぬ荒鷲飛ぶか

堀　全氏

○日本に生れしかしこさ今日の日に會はまく亨けよわが命かも

萬葉の歌人は「御民われ生けるしるしあり」と歌つたのであるがこれは大東亞戰爭下の昭和の民が現代語に綴つた同樣の感慨である、そうした新らしさとともに緊密さを欠がぬところに自ら集中の類歌と異なるよさがある。

野津辰郎氏

○爆擊の始まりし頃「エヤー、エヤー」とホノルルの警報ラチオに入りしと

資本主義的侵略の不義の繁榮の上に立つチヤズと快樂に終始する匡潰そのものアメリカニズム、物を恃むで驕慢恣大なヤンキーに内なる心への恃みは無い筈である。十二月八日早朝突如夢を破つて地軸を搖る强力火藥の砲哮、ヤンキーともつかぬ顔して周章てふためく彼等の大裂裂な驚き方が眼前に浮ぶ樣である。驕慢アメリカ最後の日に「空だ、空だ」と叫ぶアナウンサーの醒も震へてゐたであらう。奢る平氏の久しからざる如く物に倦めども心に恃むところなきヤンキー共の媚體は末代までの笑ひ物である。伴作者に變歌集としてこの首も亦記錄して置きたいものである。事は左の二首がある。

○ホノルルのラチオニュースを聞きながら東へ東へと艦隊行きしとここは經百六十五度水と空、一碧の太平洋のたゞ中を粛々とゆく無敵艦隊に入り來るホノルル無電、これは萬葉人の思ひ及ばぬ蕪

大東亞戰爭の歌

常岡一幸

國民詩歌三月特輯號大東亞戰爭詩歌集短歌欄約三百首中より印象に殘る短歌約三十首を抽出して鑑賞とも短評ともつかぬ感想を附するつもりである。

葛月　茂氏

○かけはなすラヂオに近く位置占めて剪定鋏とぎをり百姓われは

○國を舉げていよいよ戰ふ大御代に生くる甲斐あり百姓我も

近代戰に於ては一人の兵士を戰場に送るに十人の銃後の生産力を要すると言はれてゐる。況んや戰爭の科學化と思想戰を伴ふ近代戰の性格は前線銃後の距離を著しく短縮せしめつつあるのである。こうした總力戰下に於ける銃後職域の中に見出される聖戰への切實なる鬪心と心棒へ、そして皇國臣民としての矜持がたくうまぬ自然さの中に躍動してゐる點に於て右二首は大東亞戰爭歌として先づ推賞さるべき歌と思ふのである。

齋藤　富枝氏

○君もまた召されこそ征かむ今はたゞ心定まりてその時に對ふ

これは軍籍に在る夫を持つ妻の覺悟である、しかしこの妻は徒らに見榮を切らず「心定まりて」と言ひつつ內心の靈肉二元の相剋を告白しつつ當然歸結すべき武人の妻としての悟りに到り着いてゐるのである何となく心魅かれる歌である。

東田　晃氏

○異國趣味に描きしマレー、ビルマで國にいまはあきらけしとどろく勝どき

作者のもつ抒情乃至はユーモアーの伏線を見逃してはならない、左記二首についても同樣のことが言ひ得られるのであるが規模の大きさに於てこの一首を探りたい。

○アメリカの密林映畵はたやすかる童話のごとしかわが軍逃撃む

○象に乘りわが軍むかへしみんなみの國王ありと讀みてたのしき

作者の持つ抒情と氣の利いた輕妙さは仲々に及び難いものあるを思はしめるのであるが氏が克明にそうした軍法にのみ囚はれてゐるのには賛成出來ない。農に雛者はこの作者に對して氏の持つ別のよき大味重厚なものが見出されなくなつたことを指摘して置いたのであるが右の三首に對しても同樣なことが言ひ得られると思ふのである。それはミレーの持つ莊重さではなくルノルマンの雄渾なタッチでもないシエーレの輕妙と洒脫である。成程それも立派な繪ではある。しかし如何に良くとも同じものばかり見せられては、亦かと思はぬものもないではないのかと雛者は要ずるのである。賢明な作者がそれに思ひ及ばぬ答ではない、動きを求めて苦悶しつつある氏の勞作に次の轉機を待望する所以である。

瀬戸　由雄氏

○「胶日本天皇と一體の如し」と宣らせ給ふに淚落ちやまず（滿洲にて）

友邦滿洲國皇帝御自ら宣らせ給ふ日滿一體、友邦といへど故國を遠き滿洲にありてしみじみと感ずる皇國臣民としての有難さは萱

—(8 4)—

日の本の民草り立ちもんぺいの姿かいがい

し演習の朝

一二句は大ぎさである。この歌の「もんべい」でも初めの歌の「タンカー」でも、無理にのばして字音を合せようとするのはいけない。初めの歌など初句を「タンカ―の」四音に結めた方が反つて緊張した氣分が出ると思ふ。

米山靜枝氏

春風の身にしむ夜もしろじろと月かげらむころとなりけり

寒さがやわらいだといふことだらうが微温的である。飛躍してほしい。その次の歌はよい。最後の「は」は不要。

光井芳子氏

向ふ岸の大き工場の黒煙り江空流れこの岸に来つ

四五句は、煙が河の上を渡つてこちらの岸まで流れて来た。といふのだが表現が窮屈である。四首目の「刻々に」の歌二句の「開く」が一寸おかしいが、いゝ歌である。その次の歌「半ば」はどうかと思ふ、結句は「ゆられるつ」である。最後の歌は大變いゝ。

上野壽明氏

海鷲の華と嗚はる雷聚機必殺の魚雷敵鑑粉碎す

海鷲は濠洲を連爆對日の反襲基地を爆碎すなり

右の歌など割合にこなれてゐるとは思ふが、所謂言葉だけで強がつてゐて、少しも作者の感動の表はれてゐない歌が今度の戰爭歌の中には非常に多いと思ふ。最初の歌は四五句と上句を入れ換へて「マレー沖千尋の底に英國の東洋主力艦は沈み果つはや」とでもすべきか。

金仁愛氏

殘月の光流るゝ庭に出て我の金快を母祈り給ふ

「殘月の光流るゝ庭」などと情景におぼれすぎて、母の眞劍な氣持が出てゐないのはおしい。一體に氏の歌は安易であると云へる。

宇原曇任氏

うすみどりかすかにかすむ柳の芽吞はやうやく近づきにけり

一二三句、程度の寫生では情景がはつきりしない、從つて概念的な歌になつてしまつた父四句「やうやく」は「ようやく」の間違ひ。限られた紙面で、出來るだけ多くの方の歌を批評し樣とするので、言葉が從つて簡單になり勝である。不審の點はお互の勉强の爲であるから、どし〳〵訊き寄せてほしい。いくらでも説明申し上げる。

要するに歌は、言葉の藝術であるから、把んだ對象を如何に適切な言葉で表現するかの習練を積まなければならない、この時靈調といふことを忘れてはいけないと思ふ。

次に右に批評した方々以外で、よいと思つた歌を掲げて筆を擱く。

殘業のタイプをひとり打ちをれば外は吹雪となりたるらしも
　　　　　　　　　　　　　平沼正惠

みちたらぬ生活なれども吾子二人すこやかにしてあるはうれしも
　　　　　　　　　　　　　菊地呑野

南海の島のニュースに血は湧きて徒良猛夫にまけじと勵む
　　　　　　　　　　　　　三好瀧子

命ありて遡ります日はこの木にも花いくこぴか咲きて育たむ（記念植樹）西願寺文子

朝夕を通ふ道への大川の水はともしく冬に入りたり
　　　　　　　　　　　　　金光直枝

額みなき兵よとチャーチルなげけかしシンガポールはすでに陷ちたり
　　　　　　　　　　　　　境正美

最後に六月號に私の費いた「添削三首」句中の「群雀」とあるは「稻雀」に付訂正ありたい。

互砲一たび火を吐けば逃れんと足掻く敵體
隊の姿思へり

共に破調の歌、後の方がいゝ。言葉づかひ
が巧みであるが、それに興味を持ち過ぎると
いけない。

中島雅子氏

原始の葉かげに精密な機械が調和して一時
代が割される

科學兵器に椰子の葉がゆれて兵隊の歩調に
は精氣と感激がある

氏のものは全部すつきりとしてゐて氣持が
よい、把握もたしかである。こんな行き方も
一つの方法と思ふが、私は之等を純然たる短
歌としては考へたくない。然し氏のこのポエ
ムのひらめきは失なはばないでほしいと思ふ。

前川百合子氏

召され征く兵の瞼の輝きて日の丸打ちふり
遠ざかり行く

二句の「瞼」は「目蓋」であつて、眼球の
表面を覆ふて開閉する皮、又は眼底に殘る映
像のことであつて、この場合適切な音とは云
へない。素直に「眼の輝き」とすべきである。
然し作者は「眼」或は「眸」のつもりで使つた
ものと思ふ、この樣に不安心な場合はコマメ

に辭典を引いて見ることである。この外氏は
もつと言葉の使ひ方を練習する必要があると
思ふ。(之は初心者の誰にも云へる言葉と思
ふが)

齋藤富枝氏

無理な表現がなく、あぶな氣はないが常識
的となるを心すべきである。

ふじかをる氏

ひまひまに母が摘み來し一握の嫁菜は弱に
こしらへにけり

ごま鹽の加減よろしき嫁菜かゆ啜りつゝ春
のかをりたのむ

幼ないところもあるが、女性的のなやわらか
味があり、氏の歌は全部大變いゝ。將來をた
のしみを以て注目してゐたい。

杉原田鶴子氏

山家にも慣れて一年過ぎにけりいまはたち
ゆくなつかしき村

三句「過ぎにけり」は「過ぎにしが」とし
て下に續けるべきである。又一二三句で云つ
てゐるのだから結局の「なつかしき村」と云
ふ必要はない。二首目「眸の光」六首目「眼
に泌み」等は感じを云つてゐるのだらうが
易となり獨善的になるおそれがあるから氣を

岩谷光子氏

瀧ゆかば水漬く屍と眞珠灣わだつみの浪に
魂散り給ふ

氏の歌は大體に於て素直である。精選して
ほしい、四句「浪に」は「底に」としたい。

高揚美惠子氏

電鈴なりてルーラを片手に摑みたる授話機
は友の轉任を報ず

突然友の轉任を聞いて愕然としてゐる氣分
は出てゐるが、あまりゴタゴタしすぎてゐる
もつと單純化を圖るべきであらう。

一二首共、兒童を詠つたものだらうが、そ
の特徴が出てゐない。

佐々木初惠氏

殷かに萬歳叫ぶ聲よりも胸に下げたる白布
の眩し

遺骨は白布に包み戰友の胸のもとに詠んで
ゐるのだが、殷密に云ふと「胸に下げたる白
布だけで「遺骨」を云はうとするのは無理で
ある。とまれ氏の系のいゝ歌人である。今後
を望む。

高橋春江氏

-(82)-

らに散文化して、異なる文字の強激さに引き
かへて對者に與へる作者の感動は極めて稀薄
化してしまつては困りものである。

但し右一首は中で最もその傾向乏しきもの
と思はれる作であつて、偕屈とした内容の複
雑性もある意味で面目く見られる作であら
う。

人皆の心にあるをとりあげてこれと言ひ出
づる人の羨しさ

老練といへばいへる、しかし手慣れてゐると

常岡一幸

其ノ二　批　評

今　府　劉　一

いつた方が近いのかも知れない。概してこの
作者の傾向は破綻の無い一應は纏り整つた作
品をものされるうまさにあるが、しかし又缺
點も其點にあるのではなからうか、新鮮性の
欠如、流動の不足といふことも此處から生ず
るのでなからうか、更するに氏の作品に對し
て歌形の整正感をもち得ても作品から放射し
て來る處の作者の感動は極めて乏しい點など
より推してもそのことが考へられそうであ
る。

トが合つて居ない。もっと適切な云ひ廻しを
すべきである。初めの歌「あかず見とれて」
以下でその時の氣分を出したつもりであらう
が、之だけでは盛り上る感激の様なものはな
い。次の歌「日本の春」は安易であるがそれ
より、練習機が南へ征くのではないから「南
下する日も近からむ」は空軍將士を指す言葉
であるに、このままでは練習機に掛けてしま
ふ。對象をしつかり把握し、それを適格に表
現する練習が必要である。

森　勝　正氏

一首目の歌第三句「ゐる時し」と非常に強
い言葉でことわつて次に吾はまことの大和國
民と擴いてゐるので之では「ではそれ以外の
時はどうか」といふ疑問が湧いて來る。第二
首結句「せき上げきたりぬ」まで持つてゆく
に感激がないため、單なる報告に了つてしま
つた。第三首初句は不要「桃木」は窮屈であ
る。第四首第三句と結句を「日の」は詔を持
たせたつもりかも知れぬが、全盤がぎどり以
上には出てゐない。

小野紅兒氏

漆々と張りめぐらされてゐる煙幕下いま次
行されん上陸兵の笑みし顔

月形登志氏

水漬きはて悔ひなきいのち從良雄は海底ゆ
きてかへらざりけり

颱風の迅さに逃ぐる敵艦をほふり沈めぬ愛
機もろとも

氏の手法は老練と云ひ得る。まとめ方は確
かだが欲を云ふと常識的で飛躍するものがな
いから、胸に迫つて來ないと云ひ得る。

新井眞雄氏

つぎつぎに押し寄せ來る旗の波あかず見と
れて足疲れたり（蘭印降伏）

南下する日も近からむ美くしく日本の春を
練習機群舞す

初めの歌は括弧きから見て、第二次戰捷
祝賀旗行列を詠んだものだらうし、次の歌は
空軍將士を泳んだものであらうが、共にピン

銃後の女われ　　　高橋初惠

佳作はこの一首のみであるが、あり觸れたる
事柄を極めて素直に從順に表現して成功して
ゐる。三句切に對し四五句の重くして力の籠
つた据え方などを一應作家技法の常識的手段
といへばいへるけれど、しかし決して嫌味を
伴はない表現といふことが出來よう。

陷落のニュースに續き聞え來る香港攻略の
歌のすがしさ　　　　　道久友子

一連屈託せぬ作者の人柄と思はせ、如何にも
暢々として歌はれてゐるところ、嫌味を感じ
させないのであるが、結局又其處に作歌に苦
勞してゐないといふ一面の證左にもなる樣で
ある。殊に右の歌の「すがしさ」にしても「お
ろがみにけり」「意氣とし思ふ」でも、此の事
に寫生の苦勞の不足、即ち安易に流さしめる
隙性が惡く作用してゐはしないかと思ふ。

降下傘部隊を詠める一聯は、一應その連作と
しての成立を見せてをり、一首一首に就いて
兵は目とぢぬ　　　　　倉　八　茂

落下傘部隊を詠める一聯は、一應その連作と
しての成立を見せてをり、一首一首に就いて
も、落着いた忠實さを示してをり、作者の寫
生に眞正直な態度を汲めるのであるが、何れ
かといへば正確に表現せんとする餘りに、結

果として冗長に失し、寫生本來の內含性を稀
薄にしてゐる如き傾向がある。右の一首に例
をもつても「いまと」「天翔る機の」の如き
語句等「兵は目とぢぬ」の作者の意圖のある
ところを少からず妨げてゐる結果となつてゐ
はしまいか。何他の歌に就てもまだ對象を消
化しきれない。即ち自己のものとなし得ぬ憾
みがあるのではないかと思はれる節が多い。

蒙古風の吹きそめて夜幕かなるで歌集「白
桃」を讀み終りたい　　瀬戸由雄

知性、批判性の過剰が氏の近來の作歌進路を
妨害してゐるのではないかと思はれるほど
氏の作品には言語に凝つた如き一種難解風な
歌が多く見られるのであるが、この傾向を飽
まで自己のものとなし終えきるまで強力に押
し進めて行けば、或ひは獨自の表現力を持つ
に至るかも知れないが、然し現者の見得る限
りに於ては、氏の小手先の技巧の粹が先づ眼
につかざるを得ないのである。恐むらくは平
淡尋常なる捉へ方、乃至對象の表現の仕方に
かへて慾しいものである。

この一首の絡め方なども、茂吉風なものが
ついて廻つて旣に陳腐といひたい處である。
殊に結句の平易な表現はもつと、作者獨自の

感じを出すべきであらう。

窓掛が吹きあふられて屋根越しに沒深船の
クレーンが見ゆ　　　　岩坪巖

「吹きあふられて」もよく利いた句であるし
全體の調子も平淡にして、山氣のない素直さ
をもつてゐる。然しこの歌の場合これを生か
してゐるのは一二句の「窓掛が吹きあふられ
て」にあるのであつて、三四五句に至る表現
は常識的な句法でしかないといへる。が筆者
はこの一首に對して辛ふじて如上の價値を見
出し得たのであるが、これは一二句に主要句
のあることが、この歌を鑑賞するのに倒錯的
な感覺を與へる原因をなしてゐるのに依るの
ではないかと考へられたことだつた。この歌
或る意味に於て新風ではあるが、作者はもつ
と複雜な管である。更に意圖あるものを期待
したい。

氏の歌を見て感じるものは、氏の持つ一種特
異な強激な感動性に結構であるが今月號の歌の如く、作者のもつ强
激な感動性が、餘りに强激なる故にか、短歌
本來の抒情性の如きは全く影をひそめいたつ
と云ふも易けれ　　　　天久卓夫

淨らふは易くもあらむわれをしも日本人よ
と云ふも易けれ　　　　天久卓夫

批　評

其ノ一　批評

濱　田　實

今　府　劉　一

濱　田　實

今回の此の欄は總括的に低調にして新味に
乏しいといふことが出來る。概ね戰爭を素材
對象とした作品だけにこの感が一層深い。寫
生の不足、素材の短歌的眼縮、純化、精錬作
用の不足等その缺點の重なものであらう。
少くとも半島歌壇指導的役割をもつところ
の此の欄に出詠する人には、更に質的に優れ
た作品を要求したいものである。
くに民は專かれゆくあたしき神話の時代に
神呼びたまふ
遠代より知らしめす日のくもりなしひかり
のごとくに神いますくに
氏の神話國土一聯は氏の特異ある詠風の一
と見る。

末　田・晃

面を示したものとして成功してゐる。重く柔
かく、語と語、句と句の間に不思議な粘りを
持たせることは氏の最も技巧的に優れたとこ
ろであるが、この一聯にはその技巧的なうま
さと、おのづからふくらむで來る感動とが、
渾然として觀照的しづけさをもたらしてゐる
。しかし
大なる日に生き行かむ率にうつしみおのれ
はたやすくすてむ
の作は氏の常に陷り易い室であることを指摘
して扰きたい。「幸に」と「すてむ」の常識的
對比は作者が安易に技巧をつかひ過ぎた結果
と見る。

濱　田　實

沈みゆき波濤のへのうづとなる敵巡のう
へなほもとどろく
この人の歌には稍々注目すべきところがある
が、精讀してゐると一種の浮透し得ぬ
上滑りの物足りなさを感じるのである。揭
げた一首は、中でも作者の多少複雜な對象の
捉へ方に面白味を感じたのであるが、未だ何
處かに作歌形式を易々驅使したるが如き乾燥
感が目につかざるを得ない。殊に下句の表現
にそれが云へる作者は今少し形式を離れて見
る必要がないかと思ふ。

山　下　智

行きますと言ひし決意に遂げざらむものな
かりけり敵濤深く

日　高　一　郎

氏の多作の意力には一應敬服する。しかし概
評するに總てが常凡にして主要な抒情性に缺
げてとれるところがない。作者の人間的率直
性、善良性に依つて歌にある一つの强みをも
つが如き點は觀取されるけれど、要するに作
者は饒舌に過ぎてこの月の一聯を失敗したこ
とに思をして欲しいと思ふ。揭げた一首も上
句の如き作者の饒舌的缺陷を示す一例と見ら
れる。

誠ある渚しなさんと誓ひたりこの時に生く

我も亦醜の御楯と出で征かん君が叫びし大君の為

○

デッキにて別れを惜しみ手を振れる友の汽車はカーブにかゝれり

通りゆく汽車のひゞきに驚きてとびたつ雉の羽音きゝたり

藤　宮　聖　祚

○

畑打ちに行く學童の群を見つゝ心明るく國をし思ふ

戰線のニュース見せむと母を負ひて雲の峠を越えて來にけり

平　田　戯　柱

○

あな哀れ野薔薇一枝折りたればむなしくも散る早咲きの薔薇

金　澤　貴　天

○

葉絲に臭ひ香はし草花のやさしく開き春は來にけり

新しき帽子かぶれる生徒等に我が弟もまじりて歩く

安　本　亟　男

今日この日六度迎ふる奉戴日發表の綜合戰果捕虜卅四萬

戰友は今南方に戰へり椰子の林に書きし便りか

　　　　　　　　　　　　　　　　　　　　武　田　　康

○

戰線は一萬有餘千浬征くは男の子よ安かれと祈る

なだらなる麥畑の麓の家々にならびよく立つ日の丸の旗

　　　　　　　　　　　　　　　　　　　　崔　　峯　嵐

○

汗たるゝ身も顧みず倉入の作業もすみて陽はかたむきぬ

はるかなる新羅の原を超え去りし野鴨よ何時か里に來鳴かむ

命より名こそ惜けれ武士道にけふまた咲きしバリ海戰の花

　　　　　　　　　　　　　　　　　　近　藤　す　み　子

○

召され征きし兄の心を思ひつつ細きかひなに家は守らむ

日數くり兵役檢査の話する君のひさみの美しき夜

○

在りし日の友が面影忍びつゝせき上ぐる涙ぐつと押へぬ

　　　　　　　　　　　　　　　　　　　　上　野　和　博

　　　　　　　　　　　　　　（友戰死の報に接し）

　　　　　　　　　　　　　　　　　　　　　　　西　願　寺　信　子

○

東は八千三百キロの米本土西は一萬二千キロの南阿南は九千二百キロの濠洲に精鋭進む

シドニー港内突入に功成れる我が潜航艇の三隻還らず

　　　　　　　　　　　　　　　　　　　　　　　西　願　寺　文　子

○

つはものが死の瞬間も國をおもふ心ぞもへば哭かざらめやも

つはものが征きて戰ふ南の燕が日毎に數增ししにけり

うちつづく戰勝をかきつくしたる日記殘してみまかりし祖父

　　　　　　　　　　　　　　　　　　　　　　　山　內　隊　二　郎

○

ダッチハーバー強襲ニュース手にとりて感激つきず吾も兵なり

北洋の濃霧一氣に飛び越えて海鷲はゆきぬダッチハーバー

三十餘機未だ歸還せず北洋に六月の波立ち止ますして

　　　　　　　　　　　　　　　　　　　　　　　中　島　忠　勝

○

重慶へ〳〵と驀進する皇軍の勞苦偲びつゝニュース見にけり

母居ればと吾が手に針を取りて後下手下手ながら繕ひしたり

新らしく共につくりしコートにてラケット取れば先生を懐ふ

去年の夏洪水ありて壊れたる堤を築く農夫ありけり

有難き一視同仁の大御心拝して畏し御民の吾は　　(徴兵の譽を受けて)

数々の御功績残して行かれける南閣下の徳ぞ慕ひつ

○

南　哲　祐

一つ大義古今に通す神國は今こそいよ〳〵世界に向ふ

大志もて清らに起ちし神兵に對す米英は敗れに敗る

健やかな五月の色よ南風よや〻黄の色に麥熟るる村

米英はいよ〳〵遠く追拂ひこ〻の神國亞細亞を興す

○

小　山　照　子

白波のよせくるいそにみだれとぶ白きかもめは夕日にはえる

朝ぎりのはれて綠の島影に鷗さやかに山をゐがきぬ

日は暮れてかすかに白き波頭汀の砂を我はふみ行く

親子馬一つたづなに結ばれて共にかせぐかこの日盛りを

　　　　　　　　　　　　　　　　　若　林　春　子

○

ひたすらに靜けかりけり向日葵は眞晝を深く空に息づく

向日葵は蕋黑々と天つ日に眞向ひ立てりひたに靜けく

沒つ日をまどもに受けし向日葵はみな陽に叛きをどろへて見ゆ

生きゆける性とをもふも向日葵の向日性に思ひ到りぬ

山峡は既に暮れたり黑々と山脈つつき尖る夕星

しんとして空に鋭し連なれる大き巌は迫る如しも

　　　　　　　　　　　　　　　村　谷　　寛

○

海陸に戰果あがる日默々と企業令讀みつゝくらし案づる

半折れの頭付けたる燐寸の軸粗末にすまじと袂に拾ふ

　　　　　　　　　　　　　　　豊　川　淸　明

○

永久に醜の御楯と散りにける九軍神の葬儀儼たり

出で征きし吾が師を憶ひ共々にさゝやき圍みて寄書つくる

ミグレニン中毒症か今日もまた如何に晴らさむわが心なる

無雑作に云はれる兵といふ言葉よ日本の傳統は個の外に立つてゐる

村　上　章　子

○

電話機のかげにあぢさゐの花咲きて初夏の事務室ひそけかりけり

白ぼけの花のかゞやきまぶしくて床上げの夕べあかるかりけり

宍道湖の湖のいろ友が言ふ冷たき春の夜ひばちかこみて栗やいてゐる

宍道湖がみたい！湖うすら寒い春の夜栗やいてうつぼつと沁く想ひ

事務に倦き海綿めちやめちやにちぎりたり籠にいけたる矢車草はあせつつ

菊　池　春　野

○

遠山は幾重つづきてくろずめり近き谷間はみどり明るく

初夏のみどり明るくときをりにかつこう鳴きてひる静かなり

いくたびかあやふき道を下り來て松の林にいきづきにけり

中　野　俊　子

○

己が食す草背負ひ召されゆく軍馬の歌よみて泣きけりそのいとしさに

母戀ひて荷馬車に添ひてゆく仔馬三里歩むか五里も歩むか

ビロードの光澤にも似たる製品に三年の苦心をもひつつをり

幼な子と歩く田舎の夜の道寂しからむと歌をうたへり

○

森　勝　正

春祭り陽ざし明るき神域に高麗うぐひす鳴きしきりける

奉祝の町とは言へど往きかへる女きらめかず戰捷の國

海軍の兵等相撲ひぬ力瘤溢れて血潮湧き立てる見ゆ

篝火のかたへに立てばいにしへの神の御民の心偲ぬばゆ

スピットファイヤーの名は聞きごたへありしが今は模型の玩具かな　（以上元山開港六十周年祭所見）

○

中　島　雅　子

歌誌を積みけふこそは想へどもわれつかれつつ讀書を許さず

今日も亦暮れ行きたれば讀まんとて列べし歌誌を眺めつさびし

新らしき歌誌をいだきてしばらくをわが部屋にゐたりしと想ふかなしさ

子を背をひて道路に働くオモニーの機械の如き表情をみぬ

歌故に一人われのみ個立せば悲しきものにおもほゆるかも

早わらびを持ち來し子等はなき弟の年頃なれば云ひ値にて買ひぬ

たまさかの休みなりせば此の日頃をこたりてゐし習字をするも

九柱の神のみ前にしみぐ〜とものがたつきのかへりみらるゝ

ふきあぐるわらびの汁に深き山の春のみどりを憶ひつゝをり

堀　内　晴　幸

○

つばくらにきかまくほしもみんなみのわが戰友のたけき便りを

藤の花さきさかるなる庭うちに共にあそぶも牟島の子等と

野々村美津子

○

過ぎし日の戰激しきブキテマに日章旗高く武偉山と改る

あひがたきみ代のめぐみに今こそは報ゆるすべとつとめはたさむ

續けさまに落ちたる五個の燒夷彈を女必死に消しとめにけむ

かよはきも大和女の血は燃へつ空襲のかまへ一きはゆゝし

低空よりの掃射を浴びて學び舍に朱に染りし兒童を思ふ

前　川　百　合　子

○

—（ 7 1 ）—

戰かへる國の若人大前に今在るごとくきほひ立つなり

かすかにも石切る音のみきこえきて眞晝かそけき山峽の村

六月の眞晝のひより輝やかに石切る山の白さ眼にしむ

足を病みて月餘通ひし病院の牡丹の花も盛り過ぎたり

遠雷ははげしくなれり庭先の牡丹の花は照り翳りつゝ

○

岩　谷　光　子

（徵兵令二首）

大いなるみいくさ進む時にして牛島の若人み楯と召さるゝ

民にして之にまされる感激やあるいざこぞり起て牛島の若人

綠葉のしたゝる中に一もとのさつきま白く清々と見ゆ

ゆく春の一日來りて眞盛りに咲きてらふ園の牡丹めづるも

ほのぐ〜と牡丹の匂ふ園に居て心明るき春のたそがれ

いでそめし春の靑菜を籠に入れて朝々味噌汁食べあかなくに

○

岩　木　絹　子

ひとたばのしようぶ買ひ來てはそははしよう湯わかし吾を待ち給ふ

朝早くチゲに背おひて鮮童が持ち來しわらび購ひにけり

戰勝の刻々ニュースにつたふとき我ひたぶるに見等を敵へき

敵俘虜を監視するとて選ばれし我が家の金田の立居明るき

みいくさに征で立つ人さきまりては言自らあらたまり來ぬ

後顧の憂我になければ命かけて働くさ氣ほふ兵の如くに

五年のかげなきつ<め知るからに金田は兵に劣らずさ想ふ

必勝　がんばれ　萬歳　の寄書に微笑　われのかそけき二字かも

○

柴　田　敏　江

幾日か小雨あがらぬ土のしめり鳳仙花白くこぼれてゐたり

久方に會ひにし友はみごもれり日の本太郎生せさ祈れる

海見れば一人の吾子を大君に捧げし命おもはるるかも

わがまきし蓖麻はさ庭に根づきけむ夜床に雨をきゝて思ふも

南方の戰勝ニュース聽きぬつゝ山本長官の艦いづくにあらむ

○

杉　原　田　鶴　子

青少年學徒ニ賜リタル勅語奉戴記念日ニ

此の街の學徒集ひて一萬六千大き御稜威にきほひ立つなり

暴風雨前の港の岸に華やぎて若き一團海に對へる

たまさかのおごる心に買ふとさめわか立ち選む一本の百合

物なべて乏しけれども花屋には季節の香りが和やかに滿つ

多禰島訓練道場

聲そろえびゝ／＼として訓練生は我等が慰問の品々に應ふ

訓練を終えば即ち志願兵といふ青年の意氣きびしくも迫る

訓練生が岩くだきぬる線路端に咲きてひそけき野すみれの花

齋　藤　富　技

○

銀翼の返りの遲しさ仰ぎつゝ安けき思ひ祈りもて渺く

しとゝ降る青葉の空に爆音聞ゆ今日の日も飛ぶか哨戒飛行機

漆黒の夜をちりばめて今宵知るこの星空のさやけき光り

星清き管制下の衞警戒に立ちなむ時ぞつゝがあらずな

宵闇に警報下りぬ敵や來るいづくより來るや空か將海か（警戒警報發令）

○

民族性の異りさいへ敵俘虜のさりげなささまは兒らもいぶかる

矢　元　和　子

（ニュース映畫）

新井美邑

○

皇恩のかたじけなさに同胞は徴兵制度となりて嗚咽す

今日よりはすめらみくにのつはものぞうれしからむと若きらを見つ

滂沱たり半島人われら大君は許し給へりかなしき悲願を

ラッパが鳴る軍靴がひゞくかなしかる吾をもゆかしめ南の國へ

心千々に亂るゝ夜は眞珠の玉と碎けし九柱を思ふ

○

光井芳子

多獅島築港見學の折に

海風に何の響かごうゝと築港に立てばざわめく音が

築港工事今日も進むか雨ぐもる多獅島港にとよもす響

鐵管の流れ果てなく山裾は草萌えそめて通ふ壓搾空氣

壓搾空氣通ひゐるてふ鐵管が山裾萌えにまぎれず長し

黑髮の亂れふせぐさ結びたる青き色衣濡れ通る雨

─(67)─

させてゐる甲斐性のない人間です。私は残さ
れた生涯をどうしたら姉さまをはじめ皆様に
心配をかけづにゐられるかといふことで、一ば
いです。どうか私のこのご意をお含みおき下
さい。私は随分弱ってしまひました。去年七月
のあの異變以來、恢復はごく遲々で、或時な
ぞはかへって悪くなってゆく様思はれました
が幸か不幸か今日まで、太陽の惠みを、日蔭
にゐながら感じてゐます。生きる事に深く感
謝しながら明日を待ってゐます。もしも私が
明日にでも天界に召される事があってももう
か悲しまないで下さい。私はすでに召された
日のあった事を思ふのであります。どんなこ
とがあっても私は狼狽しないやう覺悟をきめ
てゐるのですから、どうか、私の最期を悲し
まないで下さい。

二　月

十三日（金日曜）

『國民詩歌』二月號來る。先月送っておいた
私の作品は載ってゐる。『宣戦の詔書を拜す』
なんだか今頃、こんな作品を見ると、時代お
くれてゐるやうな氣がする。先月號には、か
うした感激を盛った作品が一ばいだった。そ

れは、まだ月日が經ってゐなかったからいゝ
のだ。私も、もっと早く、あの一作を編めて
溶るべきであった。
　あまりに感激が大き過ぎて、これを一つ
の作品として了ふには、私の技巧は乏しかった
のである。いま、自分の作品を静かに讀みつ
つ、やゝ觀念的、普偏的ではあるが、自分の
感想を或程度盛りあげ得たと思ってゐる。愛
國詩發展のために、又、朝鮮詩壇伸張のため
に、私も及ぶから努力するとしよう。
　夜、詩を書く。どうも編りはしないので困
ってゐる。大分形を整へてはきたけれど、と
うく完成さす事は出來なかった。十二時迄
一生懸命書いたのである。電燈を消してから
も、いろく考へをめぐらす。一時を打ち、
二時を打つ時計をきいた。其の中に眠ったら
しい。

三　月

四　日（水曜日）

今日も一日暮れていく。私はなにをして來
たであらうか。悔いない一日であったらう
か。朝から涙が出る。私は又も風邪にかゝつ

たのかも知れない。
　永井病院に行った太野さんも、風邪氣味と
の事。私のために、水藥と祖服を買って來て
くれる。
　昨日、私は机に倚れて、本立を見た。子午
線第三輯をとり出して見たが一頁めくつ
てゐる中に、あの頃の情勢が、ふつくと盛
り上ってゐるのを覺へた。あゝ、またあんな
本を出してみたい。若人との集りが、どんな
に楽しいものであったか？私はいつ迄もあの
頃の事を想ひ出すだらう。
　藝術の根本は、一つである事について。文
學も繪畫も彫刻も又建築も、其の根本が一に
歸するといふ事。

詩の書けなくなった私。雲雀は歌を忘れた
のであらうか。春が來る。春よ。私に美しく
しかも強い歌をもってきて下さい。私は静に
待ってゐよう。春が來るのが、たのしみな人
は、また、幸である。私にも、幸を惠んで下さい。私
は、また、さゝやかな歌を唱ひたいのです。私
南の空にかへった燕も、やがて歸って來る
でしょう。素晴しい、日本の輝かしい戦勝を
持って……。

—（66）—

胃がふくらんで、ゲブーと出るのである。その爲に、曖の出る時もあつたが、今日、いよ〳〵胃の惡くなつてゐる事に氣がついた。惡くなる時はな

者の藥を飲んでみてもなほ、惡くなるものらしい。常分の間は、食物をかげんしなければならないだらう。寒氣は猛烈である三寒どころか、四寒、五寒。この分ならば、十寒も續くかもしれない。

死もまた生と同じやうに、美しい儀式であり、牧歌である。

死も怖いことはない。——それはこけおどしではない。素晴しい經驗である。今ではもう心の中に未だ見たこともない安らかさが吹き込んで來てゐる……。

まるで夢でも見てゐるやうに、穩かに死の床に横たはつてゐる彼を見つけた。

何處に彼はゐるのだ？何處に？近くの墓地のつ〳〵ましやかな骨靈の下に、藪にかこまれて靜かに彼の體は横つてゐる。友人の手によつて供へられた紫丁香花の小枝が、墓の下に眠つて居り、苦蓬がしづかによい香りを放つてゐる。平安の天使が彼の夢を護つてみるかとも思はれる。

真實に生き甲斐のあるものにすべてを打込

死は——人生の夕榮に過ぎない。輕やかなエリジュームの影が、眼の上に飛び交ひ眼を永遠の夢に閉じさせる時である。

二十七日（火曜日）

『經驗の初の日』二十七日。今月一日も疊を乾すために蒲團をあげる。ストーブの横で夕方远眠ることにする。夕飯前に自分の塒へ入る。故郷へ蹦つた小鳥のやうにうれしかつたしばらく、ぐつすり眠ると夕飯になる。稚ちやんの風邪氣味も大分快くなつてきてゐる。この分なら明日あたりはよくなるであらう。朝兄が心配して來てくれる。病人を慰めやうとする兄の心遣ひであらうか。
『日の出二月號』

兒童文化財としてわれ〳〵の誇るべき任務である、將來の大國民をつくりあげる。
遠大なる作家精神。
・ナチス『家庭は永遠に偉大なる民族の母體である』

みたいものである。ぼんやり日を過してゐることは、どうしても許されないであらう。病人はいよ〳〵生きる事が難しくなつてくる。如何なる時代でも、病人は不要な存在であるが、今日の如き積極的に人材をいよ〳〵早く健康體を增す。いらざる存在である。一日も早く健康體になるか、さもなくば、消滅すべきではないだらうか。

二十八日（水曜日、晴）

姉上樣。先日は御手紙有難うございましたあの手紙もやつぱり蒲團の中で讀みました。皆樣お元氣の由、誠にうれしく思ひます。どうか今後ともあのやうな元氣な便りを拜見出來ますやう祈つております。京城は寒さの戲しい日がつゞきましたが、この二、三日は、大分暖かになりました。まだ〳〵寒さはつゞくものと思ひます。毎日を湯タンポと共にくらしてます。新しい年を迎へて皆樣が欣びに滿たされてゐる時、私の手紙がどんなにか皆樣の御心持を暗くしたことを深くお詫び致します。私はいつもいつも、姉さ夫達を心配

ら、なにをせしか？
一あやまちなきものを、楯へねばならない
一空しさの方を迎ひで、たゞ悔ひにばか
りないてはいない。
一巷の窓にいぶかるやうな瞳もあつて
一未來がいかに、わたくしに、快樂を約
しやうとも、それが、いまのわたしに、
なんにならう。わたしはたゞ、
一愛することもなかつた。ましてや愛さ
れることも、かうしてひとり星のやうに
弧を描いて流れていった。
一暗熙星雲のうごめきのやうに、無氣味
に沈歌を守り。
一それはまた、古塔のやうな静寂に立つ
てゐた。
私はいまペンをとりました。あなたに贈る
最期の言葉を記さうとしたからでした。だが
私には、一行の遺書すら書き得ません。私に
そんなものをのこす資格がありませうか。私
はたゞたゞ、静に、み苦しくないやうに死ん
でいかうと、ねがつてゐるだけです。しかし

いつよりか
古塔のやうな静寂を愛し
夕ぐれを湖畔に下りた小鳥よ

一平凡なる一人の最期を、せめ歌ひとつ
花の香りで飾らんと思つたけれど。
一海が見へます。波の音が、きこへます
沖の島も見へますね。あゝそれはあなたです
よんでみます。誰かゞ手をふつて
小船がこちらに滑いでくるのは、あゝ、
私をよびにきてくれるのでせう。
一明日の朝ともは、この水仙も、花を咲
かすでありら。
一みんなお休み、あなた達には、明日が
待つてゐますれ。

それすらも、私には大それたかんがへかも知
ません。美しく死んでいきたい。私の死後を
人々が、あゝ美しかつた臨終と賞讃されんた
めに、死ぬのでせうか。私は誰も、見てゐな
い處で、死んでいきたい。死後一ぺんの皮さ
へ、誰に見つかる事もなしに――。

一豚うつものは、生きる力であらうか。
一誰が、私に、なにかを、期待するとい
ふのか。
私は、死と語ることしか出來はしない。
一千年もまた、時のまに過ぎるであらう
（來の間に‥‥）
一その道を歩む人々は、お互に親しい笑
顔をかはしてゐる。まるで、長い年月を
結ばれてゐた人のやうに。
一ゆらぐ燈火の下で、なほも、求めんと
する人よ。
一風は常に嚴しく吹きすさぶだと。
一この歴史圏の上に、われらはとめや
う。
正襲を。榮光を。

×

新しく明るく榮へるために
東亞よ
この一瞬をも失つてはならぬ

十 六 日 （金曜日）

大分前からのやうである。御飯を食べると

―（6 4）―

― 遺 稿 ―

一月一日（木曜日）

元日の朝は来た。六時頃、目醒めたが、まだ誰もみんな眠つてゐるやうである。又眠りにつく。次に目の醒めたのは八時半頃であつた。元日からどうも元気がない。みんなと一緒にせめて雑煮ぐらい食べやうと思つて起きあがつたのだが、起きると、たちまち、暖に襲れるのである。切角たのしみにしてゐたみんなとの一緒の朝のぜんも駄目になつたのである。蒲団にごろり横になり乍ら暖の静るのを待つてゐた。元日からは泣くまいと思つたせめて、元日ぐらゐ、元気な顔でゐたいものだと思ひ乍ら、気分はすぐれない。なんとなく気分が悪い。それでも元気を出し（それは空元気であつたかもしれないが）て起き、おぜんに向つて雑煮をひとり祝ふ。母も弟もさつき済ませて了つたのである。餅を食べるのは、今年の正月ぐらゐかもしれない。来年はもう、この世の人ではないかもしれないと、

ひそかに考へる。胸が熱くなる。涙がとぼれさうになる。だが、ぐつと涙をおさへて、誰にも見せまいとする。かなしいけれど、これが私の乏しい贈物なのである。誰がこの贈物を受けてくれるであらうか。其の贈物の真実の意味を知つてくれる人が。ひとりぐらゐあるかもしれない。その人は誰だといふのか。私は知らない。

今日から、私の、新しい遺書が書かれる。その日、その日を、如何に闘ひ、なにを考へさうして死んで行つたか、私のペンが、私を語るであらう。小さい声で、つぶやくやうに、おそれるやうに、その日その日が死の一日であつたことを。

すべてが運命の回転を地球の上に植えつけたのであらうか。風に吹かれ雨に打たれ、しかも根を空しく枯らして生き伸びやうとしたのであらうか。私は、今日から、私の遺書を綴る。新しい遺書を。

◆

今年の計画を持つてゐない。もう私には計

盡なぞといふものは必要ない。たゞあるのは人生の総稿のみだ。死を前にして尚、未来を計畫しなければならないことは私には苦しみである。私は生きてはゐるものの、病を失ふ日迄身を保持してゐるにすぎない。すべてが活動の最中にある。最大の力を盡して国に報じなければならぬ時、私は自分の身の所在をかくさねばならない。逃げかくれしなければならないのは、私になんの罪があるのであらう。私はたしかに罪人である深い深い、不道徳、不孝、不忠、これが罪でなくてなんであらう。

十五日（木曜日）

一　やがては訪れるであらう、その日のために。すべてを悔いないものにしなければならない。

二　天神の座に落らしめ給え。

三　新しく明るく伸びるために。栄ゆるために。この一瞬を尖つてはならない。

一　千年を決する歴史の頭初に於て、われ

―（ 63 ）―

死せる像（實方誠一の死）

趙　宇　植

今は逝ける友　實方誠一の英靈に此の拙文
を捧ぐ。

實方誠一の英靈に此の拙文

　今は逝ける友　實方誠一の英靈に此の拙文
を捧ぐ。
　生きる事は苦痛である。此の苦痛なる生命
の間に、君の魂は生粹な詩と人間的な孤獨の
谿谷を靜かに彷徨ひ、そして常に、國家に「つ
とめ」る事の出來ない弱體なる自分の運命に、
強靱な呪ひをかけては、再生する明日のため
に、國家の傳統を歌ひ、歌ひ、或ひは前線に同
じ靑春を晒らして異邦をかける友に、自分の
身のあはれを淚して、生き拔かんとし、詩を
綴つた實方。
　散華した悲しき花よ。もはや消え
失せた友の感情よ。

×

　ほんとうに偉大な詩人の壁の中には、必ず
その個人を高く超えてゐる叡智の輝きがある
ことであつた。ほんとうにすぐれた詩人は、
我を忘れた高い使命の無形の壁にしたがつて
言葉を生む。さういふ詩人は深い洞察者であ
る。ヴィジョンを生む人である。偉大な詩人
が古來プロフェートと並べられることには理

由がある。それはヴィジョンを持たぬ民族は
發展しない、と言はれることとも相關的であ
る。（片山敏彦）
　しかし詩人の本來の役割は、いたづらに説
論することではなく、眞の意味で歌ふことで
ある。歌ひ實存することである。この意味か
ら考へてみるとき、死せる實方が如何に不幸
な靑春であつたかが考へられ、僕は今はなき
彼の爲に悼みの歌を歌はう。
　内包された情感を激しく軋ませて歌、歌は
んとした彼の決意も肉體にはばまれてたほれ
たのであつた。
　噫！　無常なることよ。
　實らずして昇天した淸雅な魂。今少し僕は
實方の成長をみたかつたのだ。

×

　僕は故人の藝術に就いては語りたくない。
唯僕は、ひとりの餘りにも源命な友の爲に、
殘された彼の遺稿を發表するにあたつて、死

の瞬間を記すことにとめる。
　――昭和十七年三月二十日午後二時、彼の
魂は昇天した。――これは彼に取つての最後
の記念日である。
　十五日に第二次喀血（第一次は昨年七月）を
したのを契機に彼の死は決定された。十七日
十九・二十日と喀血は相續いたのであつた
　三月二十二日（木曜日）
　汝、愚かなるものよ、日々を如何にしてく
らして行くのか、平凡にひと日ひと日を送る
なんとか徹底した養生をして元氣にならなけ
れば、自分の一生をあやまるであらう。
　汝、愚かなるのよ。すでに一生を捨てて
了つたと云ふのか。元氣になりたい、私はど
うして元氣になれないのだらう。私の生命は
小さかつた。年を數へる二十七年、私は自活
の方法をもつてゐるない。ヤドリ木の生活。
この樣な悲しい絕叫の中にあつて彼の文筆
は折れ、絕筆となつてしまつたのだ。……
噫！若き友實方よ、安らかに眠りたまへ。

散々個々の村人達は
此等荒凉たる景色に
満足の微笑を
洩らした。

かの古い微笑が
忘れられた　大陸の
果でに　原始の姿を輝やかせ
生きとし生きる者の上に
銀の息吹きと甘やぎ
母の優しみを
澱む砲煙の彼方に
幻とかすます

友よ
一夜、狂ほしく踊り地酒に酔ふ
祖先達の表情の憾みが
あの肥沃の大地の中に

芽發ちては
我等の安息を氣付かう

かの古い里にこそ
我等は　赤兒の戯れを知り
若い神々の如く　人々は笑ひ
女は天の衣をまどい歌ふ

友よ
聽えて來るではないか！
老農のしわがれた祭の歌が
しめやかに中天を泳ぎ
「君等大地の子の故里は
大陸の果でに砂漠をつつみ
淳朴な肥沃が　雑草に　寅らす」と
かの忘れられた　大陸の果でに
我等の故里が　春の野百合に
煙りつづけている。

チャルメラ──の軍歌を
ごよめかしで流れる

忘れられた我等の
故里が

かの祭りの夜に
よそ〴〵しく契りを交す

若男女の多情な胸裡のように
火を注ぎ　悠久に消えやらぬ

友よ
若い農夫の頑健な四肢が
手弱女を鐵環の如く強く〴〵
抱きいだいた

かの夜
綿火のうすらぎに
村はひつそりと
彼等のあへぎを守つた。

遠い狂ほしい波をよそに

古いかの夜
我等の祖先達は
地酒の酔ひに
笛を投げやり
手拍子を打ち
輪踊りは朝を齊らした。

底い地平の一物も
あまちぬ　果てに
神さびた　秋日は
冷々と風を起し
箱をおき
長々と地上に　影をひそめる。

踊り疲れで
家路をたづぬる

一　夜

姜　文　熙

友よ
我等の故里（フルサト）が
遠い書物の中に歴々と記されである。

ある一夜　收穫（トリイレ）を祝ふ祭りが
チヤルメラーの嚠喨たる音に
やがて綿火が天をこがす
明炎をすかし輪踊りが　太鼓を
響かせ
夜牛の村はしなやかに　踊り狂ひ
笑ひさんざめく

我等の遠い祖先達が

微風の漂ふ匂はしき言葉よ！

出來秋の祭の夜に
大杯を充たし
手拍子を合せ　トラを
騒がしく鳴らし
あくまで　男は力强く、胸廣く
女は　あくまで肌白い脛を露はに
明日を煩らはず
譬へば六月の野末の薔薇の匂ひにも似て
かの綿火の流れる火の子が
しめやかに今宵も
そよ吹く風に
鉦をつき　太鼓を鳴らし

―（59）―

あなたのわたしへの嫁の日がくるのを
この夜どんなに思慕のおもひかにへてゐることか
離りをるいとしきものよ、未來の日本の妻

貧しからむいとなみの日々、こゝろこゝろ
愛の光に結ばれ、清く素に咲きかほれ
いとしきものよ、わたしの稚き妻！

さわやかな春の夜

米　山　靜　枝

さわやかな春の夜が
私の身のまわりを流れる
私をひざまづかせながら！
薔薇はつゝましやかに微笑み
私の心の底までも漬き匂ひにしむばかり
やさしき言葉でさゝやいてゐる

限りなくやさしい春の夜の
憂鬱は何處から來るのでせう
それは誰も知らない
人をより強い夢幻へみちびく！

それはいつも神秘にみち
それはいつも人の心を誘ふ
靜かな春の激流よ！
私はおんみの流れに身をまかせる
心のまゝに私を流すがよい
新しい歡樂に身は輕く
古い苦惱に心は重く
かうしておんみと一緒に流れ行く事の出來るやうに！
お、さわやかな春の夜の戰士よ！

生命の力強さ頼もしさ。恍惚と胸に痞える熱い呼吸溢れる　逆る血潮の騒ぎ

霧の窓を開け遙かを眺める、兄弟が笑つてゐる　笑つてゐる　その風も　その葉も　遠い海の歓喜の如くに。

愛しきものへのたより

あなたのわたしへの嫁の日がくるのを
この夜ひとりでこゝろ躍らせてゐます
六月・七月・八月・九月・十月──
この時間の系列がわたしたちを
どんな愛の喜びの中に誘ふことでせう

あなた、いとしきものよ
海の上雲は走り、山の上風はわたり
いつかあなたがわたしたちの愛しき子の母の日

安　部　一　郎

僕は丘を駆け下りながら　鈴の如く　玉の如く　天地に調和するの聲を耳にした。
そして僕の鳴らした口笛であらう。　彼方の谷に微かに反響するのは。

また花は咲き、鳥は歌ひ、雲は浮び、風は微み
その日わたしは重ねて生の泉の愛の喜びをこゝろに掬ばう

この黙思のとき、既に、あなた、いとしきものよ
離りをるいとしきものよ
いとなみの愛の日々のたつきに
勁く正しく、折れなむとして折れざる赤き花
いとしき妻、わたしのあなた

大地の上を撫でる微風に
徐に寄せ來る音信をくみ採つた夕まぐれ
星屑は草叢に降りて蟲の泣聲を愛し
河は噴上つて月を抱擁し
豊饒なコーラスも鳴り始まつた

渡り鳥の群が長い旅をたゞんで川瀬に降りる頃

螢のやうに小さな幻のやうに
草叢の間に灯は點いた
この純な素地に汚れのない斑を織り
獸然の宴に未來の祝福の杯を擧げ
若者の上に多くの會話はながれてゐた。

反　響

早曉、山路を漫歩し　乳の樣な霧が流れる。
夢物語の調べ、今ぞなき戀人の私語の如くに
風の悩み、葉の替　すべて振り捨てがたき思出よ
爲ぬるが内なる夢の日の
夢昧の峯に木魂する響、そは耳を劈する程の爆破よ。
山は鳴り地軸にかよふ太古の韻。

芝　田　穂　次

廣なら絹の裾は切れて　風も葉も小鳥も僕から遠の
いた。悲しい口笛もはたとやみ　病みぬれた旅路の魂
も歸ゑつてくる。

威猛けき聲の王者の峯にを踞え、音と響の谷合に叫び
と呻きが呷たれる。神さびの　嚴かさの羽袖を振り
消魂を葬る祝砲　聲の洗禮を受けるひとゞき　蘇える

春 の 背 中

北 村 葦 江

體臭のやうに迫つてくる日に
梨の花はきいろい唇を失つた

なまめく風の肌えゆらゆら感官の浮いた
春の背中にべつとり　わたしは
いんきなやもりのやうに暮して飢を研いだ

人氣のないお寺の森は　ぬらぬら

かがやく樹木の生理さよう
生あたたかい樹皮の息づかいが膨れて
あぶらのやうにひろがり
てつぺんで甘美に昂まる小鳥たちの
合曳きのうた

杳くから時計の音のやうに胸を齒むで
どきどき心臓が鳴つてくる

野 は 暮 れ る

朝 本 文 商

黝く拓けゆく耕地の涯に
地平線は夕陽を乗せて虹橋のやうに色彩り

　　　　　×

若者は一層青雲の血を滾らせた

麥畑の中の。
麥の穗の陰の。

バンの匂ひの中で。
本乃伊とはなれ……。

半島人のことば

柳　慶　次　郎

ほのほも
うしほも
がうぜんと　とほつて行つたね

燒け落されて　そして芽をふき
洗ひ出されて　そして根を張る
それが　お前の精神ではなかつたか

いまは　もう
ひもじさを思はせる　あをいあをい空　と
太古のやうな　ひつそりとした　草原ばかりだね

あすは
新しい幹の上に
逞しい枝をひろげ　そして
かんばしい果實を
ごつさりと　つけるのだ

お　さむざむと立つ　一本の木
だが　木よ
お前は　結局たふれてしまつてはならないのだ

　　　　　　　×　　　　　　　×

　　　　　　　　　　　　　　　　　—(5 4)—

風。
夢。
この嵐のない寧日。
葡萄のやうに。
ぼくの胸に白日の夢はみのり。
思ひ出は。
數珠のやうに盡きることなく。
あゝ。ぼくの胸の中の。
ミルク色の。
綠色の。
靑色の。
靜謐の中の。
メヘルヘンのやうな。
靜寂な。　ぼくの古典よ。
あゝ。たまゆらは。
化石して。ぼくよ。

却初より。
あゝ。雲の傳統よ。
天上のコスモポリタンよ。
風が攝つてきたか。
風に追はれてきたか。
きこえる。　斷續する。
麥笛の音。
麥笛の音。
麥笛の音。
麥笛の音。
リズムを喪失して。
蹌踉と。
麥笛の音。
終焉へ向ひ。
あゝ。稚ないメロデイよ。
麥畑に溢れる。
光。

麥の穂。
麥の穂。
麥の穂。
際限もなく。
麥の穂。
麥の穂。
麥の穂。

麥秋記

胸にのしかゝる力量も加へて）
南の果に流汗淋漓
北の境に春を待つ日本」
「この土地の櫻が咲くのを待たないで
われも召される光榮を祈る
弟よ　櫻の花を見なくとも
お互の胸の奥深く
香は凜烈と匂ひこぼれて

あゝ。爛爛と。
天女が着た白衣のやうに。
棚曳きながら。
眞白くひかりながら。
雲が。眩しく。流れ。流れ。流れる。
生物の習性にも似て。

城山昌樹

四季を通じて咲き競つてゐるぞ」
行きづりの耳にして
不思議と腦裡に反芻して熄まぬ
――内地では櫻が咲いてゐるでせうね――
その言葉こそ
まさしく日本人の言葉であつた
戰線幾百萬忠勇の心でもあつたのだ

櫻

今 川 卓 三

──内地では櫻が咲いてゐるでせうね──
子らと手をつないだ母親同志の會話
行きづりの耳にして
蕭々と肌寒い風に
故山の暦日を手繰る

はからずもその日
絶えて久しい弟の便りに
「東京の櫻は咲いて
一夜の嵐に散り敷いたと
聞きづてに今年の花も
よう見ずに過ぎました」
「花はとにかく
今年から内種合格者も

お召にあづかれる光榮を
待たれてならぬ氣持
いかにもして
國の礎石となることの念願のみ」

幾歳相見ぬ弟の
かの庾身の柔和の無口の
うちに藏す炎の火照り
われもまた久闊の筆を執る
「弟よ　この土地の櫻はまだ咲かぬ
北の國境は雪解け頃といふ
なんと日本も廣いではないか
（この廣さ
地域の上でのことだけでなく

稚 き 者

柴 田 智 多 子

椽側の柱に縛りつけられた子供は
しばらくすると歌ひはじめた

歌は微風のように流れる
朗々とあかるく

今しがた泣いた涙も乾かす
両の手は縛られてゐても
幼児の心は

もう叱噴の谷から舞ひ上つて
空の青さに向つて羽をひろげてゐる

叱られて縛られてゐながら
歌うたひだすあどけなさは神に近い

いたづらを叱つて縛つてみた
母のしうちの心なさ……
幼児は兩の手を結ばれながら
いしくも歌をうたひいでる。

—(50)—

昨日も町角のお菓子屋には、無数の國民男女諸氏が、賢明な眼底を光らしながら、耳鳴らしつ戰捌く店子の呼吸づかひを靜かに凝視して、行列を前つ前つと逆まますのである。實際に此の類は敬遠さるべき道德であつて、皆だがやはり不順な生活への途は、すべてを忘却してまで秩序づけられんとする、美しい長髪に挾まれたスズランの清素な造花が如何にも均衡のとれたワンピースの後姿とともに悲しく、輝いてゐたことか。

若い母が可愛い我が子の爲に捧げることの樣な愛情が同輩への、青春への賭けすべての愛情に比するとき、とこあの愛情に比するとき、とこ近傍いものであるべきか。此のやうな隔離なき愛の問題がもたらす社會性がとれほど僕らに生活する戰時下の意識といふものを考へさせるのであるか。

行列の醜さを無視してまであへて行はんとする朧しい生活への忍欲について僕らはまづ何を考へるべきか！生きるものあらゆる精神の虚偽によつて産まれの残るべきは如何に裝はれた花花であらう。

このやうな現實の隙はれた生活の中においてこかれたことを思ふとき、文化するものは詩によつて救はるべき何ときか、内部から自分を救ふことは外部において表現さるべき奉仕の清い顯現であり、救はれる自己の像は現實のあらゆる歪まれた道德から決然と泳ぎ出ることであり悲しい行列によつて示さんとする愛情の放棄である。

苦痛を超越する悦樂は苦痛の中において始めて開花するのであり、精神の危機が祈りによつてはじめて救はれるである。

現代人の数多い苦痛が救はれることによつて表現されるものは國家の新しい祝祭に向つて放たれる捨身の姿である。民族本來の傳統は「つとめ」の意識であり、大君への捨身の哲學が「無」によつて始めて救はれるこである。

「經」の深奥なる哲理が「無」によつて結ばるることも僕らは忘れてはゐない。殘豐としての西歐思想で、慈悲ある東洋思想の希望は苦痛であり、「無」によつて始めて救はれることである。

一見危機のやうに見える生活の救はれ國家の祝祭のために放射される精神の果實の散華は苦痛によつて救はれ……

ところの危機に遭遇して救はれるものはもはや信仰の體大なる救ひは永遠の栄像として人間を讃護にし、より峻嚴なる苦痛の世界に引き出てゆくのだが、「空」の心境は幽邃なる本のである。戰爭詩の激烈な感情の吐露は自己を無にして行はれるべきである。徒らに詩人の主知的な言語の叫びのみではどうしても戰爭するものの感情は表現されない。

自己を「無」の世界に究極することは至難で、少くても救はれて見たいとの念願する自己を「無」の世界に究極することは至れる念願する愛の内省された行動によつて始めて發願し得るのである。

これを閃き、考へるとき、戰場の憧憬を歌ふよりも僕らの周圍を常に惧りまとふ「日常の變貌」について國民は輝く眼玉を照らして探りふべく、夢多き不純な一部市民のいきづかひに向つて歌はれるべし。

こうしたところに新しい國民詩の一側面が内在してをりはしないだらうか、逞しい、美しい冒瀆が現實の象徴を歌ふとも、血を流し、油汗が肉體をおびかぶす戰場の現實を記すことなんでもあらう。國家への勤めとして平でなくてなんであらう。一日も早く僕は此の樣な歌の員數が行列する國民諸氏の涙腺を膨ます日を堅く信ずるのである。

×

趙　宇　植

せきこんで水を吸ひ上げる樹木の内部の活動や風のそよ
ぎや。

よろこびのものうい音樂はみち。

この詩は私の最も敬愛してゐる詩人草野心平が『春』を
うたつた詩である。

何といふ適確な對象の把握であらうか。適確な對象の把
握と新らしい抒情の方法。本當に平和な春の川べりが描寫
されてゐるのではないか。うら〜かな春の陽光を浴びつ〜
川べりに横たはつてゐる詩人の叡智にみちた眼眸が新生す
るもろ〜〜の相に注がれてゐる。

抒情の動機は現實によつて促がされる。現實を否定する
といふ抒情の決意は、否定しきつてゐないことを意味する
何故なら抒情するために對象を把握するからである。對象
を把握したから抒情するのではないからである。

草野心平の『春』を讀んだら誰でも首肯出來る事柄であ
る。

創作意慾の發動しないところに對象を把握しやうとする
意識及び努力はあり得ない。リリシズムの領域を擴大する
ためにも、對象を把握しようとする情熱をわれわれは常に

自己の胸中に燃やしてゐなければならない。

リリシズムの領域の限定は對象を把握しやうとする情熱
を冷却させ、その擧句はマンネリズムの氾濫を招來する。
故に發展性がなくなり時代的感情の遮斷・窒息の如き自殺
行爲におもむかしめるのである。

——（一七・七・二）——

千代田グリル喫茶部（總音
府圖書館向ひ）で午後一時
から、詩人の集ひをもちま
す。其の日は詩問讀、古典
等の音樂、について話したいと
思ひます。なるべく多數參
加して下さい。

座標 八月

☆この座標は我等のポストで
ある。此のポストは今後我
等の音樂を燃り出す大きな
位置をもつてあらう。
詩人達は今後此の座標に向
つて自由に饒舌されること
を希望する。これは各人各
瓷のために開放されたポス
トである。

☆今後は確實に十日發行を約
束します。原稿は前月5日
迄提出のこと。

☆編輯同人尼ケ崎豐氏が慶弔
を迎へる由、此の詩人の未
來に祝福の敬禮を送る。

☆8月30日は　南大門通りの

（枚數二百字詰二枚）

畫に於ける落款の作品評價に及ぼす力である。作品よりも作者の名前で賣れる繪畫。何とふかなしいことか。それを利用して弟子に描かせた繪に、先生が署名するといふ風な惡風がはびこつた時代もあつたではないか。空白の蘆布に署名だけしたといふことと、どれ程の違ひがあるか。かかる作品評價上の不安は誰に責任があるのか。鑑賞の立場にある人にある。と僕は躊躇なく斷定出來る。

對象の把握は感動があまり大きい爲に、不可能である場合がある。歪めて把握する場合もある。芭蕉の松島やの句や此の頃の戰爭詩（全部とは云はないが）はその好例である。感動があまりに大きいすぎる時、藝術家はその對象に敗北してしまふ。

かゝる時に、その對象を把握しやうとする意識や努力を放棄してはならない。

瞬間に感じる認識を表徵する……つまり印象を、文字や言葉で保存するだけだが、詩人のなすべきことであつたら、對象を把握し表現しやうとする意識や、努力はいらないかも知れない。然し詩人が詩作することはそんな簡易な問題ではない。印象を文字や言葉で保存するだけなら何も詩を

對く必要はない。散文の方がかへつて便利であるかも知れない。詩を書くといふことは少くとも、自己並びに他人の精神生活の純粹性を擁護し、その純粹性を、すべての生活に媒介するためなのである。これを忘れて（知らずに）詩は志の率直な表現であり、志の發現であると壯語しても始まらないのである。

天下は實に春で。

雲はのぼせてぼうとしてるし。

利根川べりのアカシヤの林や桃畑の中をあるき。

おつけのおかずになづなをつみ土筆をつみ。

なんとも美しいバラの新芽をつみ。

樹木や草から新らしい精神が。

それらがやはらかにぬくもつて燃え。

五六羽小鳥たちはまぶしくるむ空をかすめて。

雪の淺間の噴煙が枝々の十文字交叉をとほして。

蟲けらも天に馳けあがりたいこの天氣に。

あゝ。實際。

土筆の頭の繁殖作用や。

對象の把握に就いて

—— 詩・詩人論1 ——

城 山 昌 樹

對象を把握する能力の貧困は感受性の未發達を物語る。

感受性が發達して、始めて、對象を把握する能力があたへられる。

故に、感受は把握以前のものであり、把握は表現・描寫以前のものである。

このプロセスの如何が、作品の如何を決定する。感受は受動である。故に、藝術家でなくてもディレッタントなら體驗し得られる。いや誰でも體驗し得る。把握は能動である。把握は感受より意識的であり、積極的である。

把握するためには、作家のオリジナリティが必要となつてくる。

何故なら把握は、表現し描寫しやうとする、創作意欲の發動を意味するからである。

對象を把握しやうとする意識は、『創作するんだ』といふ自己への宣言である。

かゝる自己への宣言は、自己への宣言であると共に、藝術家自身の、自己鞭撻であつた。

かゝる自己鞭撻は、藝術家自身が苦悶することであつた。

芭蕉は、松島やあゝ松島や松島やといふ一句を作るために如何に苦悶し、如何に嘆息したらうか。

吃つてゐるやうな此の句を、安易に嘆賞したのは實に傍観者的デイレツタンテイズムではないか。松島やと言つて次を考へあぐねてゐる芭蕉の顔が、我等の瞼に浮んではこないだらうか。松島やあゝ松島や松島やに感動が生の儘に残されてゐるとは云へないだらうか。

對象を把握する能力の破産とは云へないだらうか。表現し描寫するテクニックの放棄とみてはいけないであらうかもしも、芭蕉ではない一無名の俳人が、松島やあゝ松島や松島やと詠んだとしたらどうであらふか。世間の人はやつぱり名句だと思ふだらうか。デイレツタント流の同情が芭蕉の松島やの句を有名にしてしまつたとは云へないだらうか。かゝる考察は芭蕉とその句のみでなく、現代の藝術家とその作品にも當嵌まることである。手ツ取早い例は繪

足してゐるのではないかと考へられる。これが更に深くな
ると、宗教者の如く、自己を自己で刺戟し自ら毒素を發散
して中毒する「自己刺戟說」となるのではないかと思ふ。
斯くなると、活動力を全く失つて了ふ。文學も一つの「刺
戟說」に依つて說明出來る。私は文學觀に關し、「觸角の
文學」なるものをも考へてみたが、兎角現實的にだれざ
る希望を、「觀念の刺戟」に依つて滿足すると云ふことはい
けない。

意志に關しては、ショーペンハウエルは人生に絕世の世
界觀を有し、ニイチエは、强力なる意志の顯現をとつて、
天才論までを主張してゐた。結局、詩に於ける感情と意志
の問題は、凡庸主義對英雄主義の關係と同じく解され得る
卽ち、凡庸主義といふのは、自然主義的機械觀に出發した
「人間は平凡なものだ。結局何を考へ何を行はうとしても
苦惱切りでどうにもならない」といふ一種の宿命的諦觀に
立つものであり、一方英雄主義と云ふのは、一つの觀念論
である。ネオ・ロマンテシズムである。これを現實化しや
うとする所に、政治の如き力の問題が起り、理想的なもの
が現實化するにつれて鬭爭となつて來るのである。戰爭な

國民詩歌 九月號
一週年記念特輯
九月十日發賣

ども一種の英雄主義の產物である。
今日は既に、感情時代から意志時代へ轉じてゐるのであ
る。神經病的詩人の月に吠えた詩は、完全に滅望された筈
であり、忠實性を缺けた有閒派も、再度嚴密に自己批評を
なし、覺醒せねばならぬ時期となつたのである。こゝに時
代は飛躍して行く。
詩は名を求め金を求めるものでもなく、且又、詩はデカ
タンや幻想の代名詞でもない。實に、自己の抱負を社會に
實現せんとする精神力――魂の表現でなければならない。
卽ち、過去の凡庸主義は亡んでいい。新らしい英雄主義を
有するものが詩に君臨して、あくまでも西歐詩の模倣を排
斥し、新らしい日本精神に依る日本主義詩を發表すべき時
代である。これからの詩は先づ日本精神の自覺から出發せ
ねばならぬ。その精神が詩を創造してこそ、日本詩の文化
史的意義が確然と目立つであらう。

―（45）―

或ひはたゝき伏せられるか?。この問題について私は「瘦境論と意志論に對する限界とその檢討といふ論文を、執筆中である。石に押しひしがれた雜草でも日を求めて屈り乍らも上へ〳〵と伸び上つてゆく。ルソーは、その教育論エミールに於て「私は病氣の子供を教育したいと思はね。人間は、病氣をなほさうとか、死に對する恐懼に絶えずおづおづしてゐるものが、生きやうとすることゝ、病氣、死の觀念の二重的フタンを持つてゐてはやり切れん。只、健康なるものゝみが生きよ、此世にて、僧侶の說敎と、醫師の處方と、學者の理論、此三つは人間の心をだらくせしめる」と痛論してゐる。又斯うも言つてゐる

危險を知らないものは、何者をも恐れない。

一切の情慾は、柔弱な身體に宿るものである。

人間の最初の狀態は、不平と泣聲とである。

發する聲は、其々に異ひない。

自己をのみ表現するのは、感情的弱者であり、窮乏と弱さとだから、その通りに異ひない。宗敎にたより、醫者にたより、理窟にたよるものである。人間最初には、多く之等であり、仕事を表現しやうとするものは、自己をかたくした意志强力なものである。實に過去の文學者は、ボードレイルに心醉し、ボーを喜び、デカタン的な個人主義的、官能的なものに醉ひ過ぎた。

時代はもはやそんな幻想的デカタンを認めない。力と戰ひの時代である。ドイツのオイケン博士は「人は既成の眞理に依つて活動するのではなく、活動に依つて眞理を獲得するのである。即ち、眞理は活動に依つて體得しうるものであつて決して思考に依つてのみ決定をせられるものではない。生活の第一義をなすものは、思考でなくして行爲である。人間は、自然主義者のみる自然の奴隷でもなく、智力主義者のみる如く、思考の奴隷でもない。人間の生活は、人間のものである。自我の中に精神生活が顯現する。これが人格即ち人間の形成である。依つて生の意義は不斷の活動に依り精神生活を維持してゆく事である。」と論じてゐる。私は、心理學に於ける「刺戟興奮の學說」を信じてゐる。が、欲望が何かの形で充されたとき、心は興奮し滿足を感じる。即ち、外部の刺戟は何でもいゝ。只欲望を刺戟しうるものであればいい。依つてアナキスト達の自由觀になると、現實的に充されざる欲望を「觀念の刺戟」に依つて滿

れれが羅馬やスパルタ、バビロンの興隆期の歷史を詳細
に觀察するならば容易に頷けることなのである。

曾つて、ヘルマン・ヘッセは、祖國が重大なる事柄に直面
し、之が決定に當り內務大臣が頭を痛めてゐるのに對して
「先づ、是非ともゲーテの詩を誦まれてからにせられよ」と
いふ要望的公開狀を發表したと傳へられるが、この詩人の
行爲は全く共鳴せられるのである。私は、卓れた詩人の詩
の中には必ず個人を遙かに超えた叡智の閃きがあることを
確信し、一世の政治家、一代の指導者たるものは、斯うし
た詩の味を會得し得るものでなければ到底その資格を有せ
さるものと思料するのである。偉大なる詩は必ず偉大なる
民族の前にあり、光輝ある詩は必ず偉大なる時代に先驅す
ると斷言したいのである。

「このやうな大きな時代に遭遇して、私は環境が許すな
らば政治家として起ち上りたい意欲を感ずる」斯ういふ感
懷を洩した歌人がゐる。恐らく本心からの言葉であらう。
私はこのひとの心境は洵によく理解出來るのである。恐ら
く斯うした歌人の作品は（それが心の眞底からの言葉であ
ることに間違ひがなければ）文句なしに立派な歌であらう
と思はれるのである。私はこの雄渾比類なき歷史の只中に
呼吸しながら、さうした心境に一瞬でも達し得ない詩人・
歌人はゐないであらうと思料するものであり、若しもゐた
とすればそれは眞に卓れた詩人・歌人の部類に屬するもの
とはいへないのではないかと考へるのである。

勿論、私は一概に詩が政治そのものであると主張するも
のではない。詩が道德であるといふのではない。詩が宗敎
であるといふのではない。併しながら、私が昂然として言
ひ放つことが出來るのはそれが道德や宗敎・政治・哲學・
戰爭などの凡てと一つにつながり生きるところの悟悟の道
であるといふことである。

詩は魂の全領である。詩は精神の全部である。從つて一
切の精神に先立つて、一切の精神を司るものである。

詩に於ける英雄性

德永　輝　夫

人間か生きんとする意志を、何處までものばしうるか？

のでなければならないのである。

われわれはわれわれの詩の有つ價値を絶對のものとして仰ぐのである。斷じて「安逸だから書く」のではないのである。快樂の對象として書くのではないのである。詩を科學や倫理性と分離させようなどとするものではないのである。詩のための詩といふやうな狹域な詩に閉じ込めようとする。ものではないのである。

われわれの詩は魂の全領である。絶對に力を有するのである。われわれの詩は時代思想の反映となり、その時代思潮を導きその重要なる推障力となるのである。われわれの詩は文化の最高峰に位置するのである。詩は一國民・一民族・否人類にとつて密接不離必須不可缺の本領であり裕に一國の運命を左右する力を持つのである。詩は政治を指導し、宗教・教育・藝術・戰爭の一切を誘導する源とも謂へるのである。

このことに關聯して、私は、去る五月二十六日東京に開催せられた日本文學報國會創立總會の席上に於ける奧村情報局次長の言葉を想ひ出さずにはゐられないのである。

「偉大なる創造戰に創造力に充ちた文藝家の蹶起と努力

に期待するところは大きいのである。政府は決して文藝を政策に利用しようとするものではない。また決して文藝の効用のみを狙はうとするものでもない。文化文藝は政治の道具どころかそれは高い意味の政治そのものである。今の大いなる政治がその魂の據りどころをなさうとしてゐるのは世界觀日本觀であり、それは文藝文化が與へる力によつての根源的に捕捉し、精緻に展開し得るのである」

ここに翕然と展かれたわれわれの道があるではないか。ここにいとも輝かしい祝福を享けたわれわれの前途が見えるではないか。

文藝が、詩が、高い政治そのものであるといふことの眞意をいまこそわれわれは判つきりと自覺しなければならないのである。私は政治の要訣は畢竟民族精神の作興にあるのだと信じて疑はないのである。民族精神と云つて言ひ足りなければ國民精神と申してもよい。臣民精神皇民精神と申してもよい。要するに私の謂ふ民族精神が振作され、横溢されたならば既に細かい法律も要らない。煩はしい政治機構も要らない。唯、法三章を以て事足りるに違ひないのである。この主張は決して奇矯なものではない。これはわ

一人の天稟の才智を備へた詩人ならば、その邊境の一切を無視して、それ自身獨善的行爲を執る權利を天から委ねられてゐるものと自認し、彼等は社會や國家とは當然絕緣して生き得るものと斷定してゐたのである。極端に謂ふならば、一人の天才的詩人といふものはその作品の自由奔放なる創造の爲には、法律も無視して生き得るものであると確信してゐたらしいのである。そし、その爲にはまた如何なる惡德行爲を犯しても必ず許容されるものであるとさへ確信してゐたらしいのである。その證據に、彼等は、屢々鄕土を捨てたのである。屢々社會から逃避したのである。屢々國家から遊離したのである。斯かる結果、驟て彼等の行途に待ちうけてゐたものは何であつたか、私をして答へさせるならば、卽ちそれは、彼等の祖國佛蘭西の滅亡であり、民族最大の悲劇的運命であつたのである。

先頃、讀賣新聞に斯う云ふことを書いたひとがゐた「アンドレ・モロアといふ男が『佛蘭西敗れたり』といふ文章を書いたが、しかし彼自身佛蘭西敗れたりの原因の一人ではなかつたか」と。至言ではないか。しかし私をして言はなかつたか」と。至言ではないか。しかし私をして言はしむるならば、それはひとりモロアに限られるものではな

佛蘭西の國家就中佛蘭西の詩人の誤り多き昨日の文學的信念、創作態度こそ今次の佛蘭西最大の不幸を齎す所以の大なるものであつたのである。

われわれは靜かに顧つて省みなければならない。いまわれわれは文學といふものが、特に詩といふものが一國を喪亡に導いた場合の好適例として佛蘭西の足跡を眺め、誤れる耽美主義的傾向が結局民族破壞の促進作用を演じてしまつたといふ事實を肯定することが出來るのである。われわれは前述の如き詩人の考へや行動が如何に馬鹿げた滑稽なことであるかを痛感すると共に、それがひいては國家のため、社會のため全く許し難き罪惡でもあつたといふことを悟ることが出來るのである。

苟くもわれわれは日本詩人の光榮ある名稱を以て呼ばれる詩人である。從つてわれわれの中には、彼が祖國と有機的繫りに生きるものではないといふやうな大それた考へを抱くものは一人もゐない筈である。われわれはわれわれの社會が根底としてゐるところの凡ゆる文化財、あらゆる傳統・神話・言語・風俗・習慣等を斷じて疎かにせざるのみならず、更に一段とこれに光輝あらしめようと竭力致すも

それは今日に至る迄、それが佛蘭西の詩壇を風靡したとこ
ろの詩人の本懐であり、生活理念であつたのではないか、
といふことである。これは恐らく誰もが抱くであらうとこ
ろの判断に違ひないのである。

玆に於いて、われわれは改めて次のことに想ひを到して
みなければならない。即ち、ヴアレリイにせよ、ボオドレ
エルにせよ、彼等が高名なる詩人として世のひとびとの親
愛を一身に率めてゐることをわれわれは一應認めることが
出来るのであるけれども、更にわれわれが之を追求すると
き結局彼等の傾向か餘りにも詩に於ける安易性・快樂性・
無目的性の偏重であつたのではないかといふことである。
彼等の希求してやまなかつたところの極點は畢竟單なる狹
義の美、所謂エスセティクの美に過ぎなかつたのではない
かといふことである。

元來、詩人の持つ特徴か美的情操であり、豊かな感受性
であることに間違ひはないのである。然るに、彼等はそ
れのみに溺れてしまつたのである。彼等は餘りにも美的外
象に接近し、目まぐるしい人間社會から離脱し、趣味性の

殺の中に遁樓しようとしたのである。而して自己敗殘の逃
避所を藝術と稱し詩と呼んで、果ては自己の魂を物的な玩
具の類にまで陷れてしまつたのである。

耽美主義への傾倒、唯美主義への惑溺、悪い意味の美學
主義の頽落、斯くして、同時に必然的に彼等は社會思想を
忘却せねばならなかつた。政治行動から離反しなければな
らなかつた。自然科學への憧れをも放擲しなければならな
かつた。

察するに、ひとりボオドレルに限らず、ヴアレリイに
しても、ワイルドにしても、またシェリイ、ランボオ、モ
ツパツサンにしても、要するに殆ど凡この佛蘭西詩人と呼
ばれるところの詩人達は、恐らく彼等の詩が彼等の國家社
會とは何等の連絡も關聯も有つてゐないものと妄信してゐ
たに違ひないのである。彼等は社會か統一的な一般的基準
を要請するものであるにも拘らず、詩人は飽くまでも自己
自身のための獨自の法則と基準を必要とするものであると
愚考し、從つて彼等は社會の有效なる目的を達成する協同
體の内部に於ける主要細胞であるところの存在としての詩
人を知らなかつたのである。

―（40）―

詩並に詩人について

尼ケ崎　豊

大分以前のことである。ある文藝雑誌が佛蘭西の中堅作家に對して「何故に書くか」といふアンケェトを試み、之に關する作家の回答を發表してゐたのを私は記憶してゐるそれらの回答を取り上げるに、そこにはヴァレリイの「安逸だから書く」といふ言葉をはじめ「書きたいから書くのである」といふやうな極めて簡單な而も同じやうな口吻を洩したところの回答が一齊に揭げられてゐたのである。

この「安逸だから書く」といふヴァレリイの言葉、あるひはまた「書きたいから書く」といふ返辭はあまりにも短か過ぎて、その眞意が確かに何處に潛むでゐるかは早急に判斷し難いやうにも思はれるのである。併し、これに槪ね適當なる判斷を與へようとするならば、われわれはボオドレェルの次の如き言葉を想起してみなければならないであらう。

「假りに些かでも自己自身に沈潛し自己の魂を探究し、自己の情熱の記憶を喚起しようとするならば、詩は詩それ自身以外に何物もない」

「詩は詩以外の目的をもつてはならない」

「如何なる詩と雖も、詩をつくるといふ快樂のために書かれたる詩ほどに偉大にして崇高なるものはない」

「詩は生死を賭しても科學や倫理性と同化することは出來ない」

「詩は眞理を目指してはゐない」

ボオドレェルのこれらの言葉を私は前に揭げたヴァレリイの「安逸だから」あるひはまた「書きたいから」といふ回答の奥にある意味に聯るものとして解釋することか出來ると思ふのである。

偖て、以上のやうな彼等の相通する一つの意味の言葉がわれわれに暗示するところのものは何であらうか、惟ふに

老衰の歳月が流れ――
甘美な歌は痺れて
運命の泉、善良ないのちの港灣は
涸渇された。
喪失された意志
變貌された肉體
傳統の岸は挫折した。
胸を叩く鳥類、樹液を吐いて憤る森林。
緑の草原に浪漫の口笛は昇天した。
お！兩手を振り　振り
邑人の指先は　ふるへた。
偉大なる思索、嚴嚴なる勞働の展開、
祝福された東方の防人達よ
生きることの意味は　我が家紋と共に　生え
夜の鶯が時間の溪谷を囀つて　流れるとき
善良な僕らの　胸底をたゝき
喉頭をうるませるものは何か……

清貧の精神が　肉體の內面を循廻し
久遠,祖國の歷史をみなぎり躍動する靑春の呼吸。…
富貴な戲れは　僕らの眼を悲しませ
逝ける父親が　遺言に刻まれしは
生きるために謙讓なることであり
粗野なるも愛すること。
今は幻想を追ひ、遑しく　新しい生命の泉を探ぐつ
歌うたひ
孤高に育まれて　吼えまくる魂の頌歌よ……
諸々の凝固した古譚の掟に　ひとり惱み
迷彩された風速に向つて
兩手を振り翳し　執拗に　新生を約束する眼よ
お！
愛する者ら――
深奧な推量の胸に　清凉なる建設を抱き
黑潮の間に　財產と傳統を賭けて
ここに　民族の芽は湧き
風習は發展し
萬象の浪漫は進化する。

（未　完）

新しい希念の時間は　何時　記念さるべきか……

變轉する歩行、朔かれた日常……
歌を忘却した子供達と
青春の神經は錯亂した。

お！精神の烽火は放たれ
港灣の風習は、虚しく流れ
お！歴史の海に父の魂は咆哮する。

二

秋の穂は季節を彩り……
廣い野邊に　收獲の實は溢れ
豊年の旗は流れ
多彩な夕陽の圍繞地に
魚族の寶庫が　永遠の幸福を挽歌した海底に……
放浪の歌が逆卷き

村に邑人の像が増えて行く……

お！神よ。
柔順な親達の涙腺を色づけて
この地雷を續けるものは誰か……
族への愛に燃え
憤りに總てを燬いて
聖なる暗闇が　滿干の時刻と共に　曳引すれば
敬虔な祈りは
線香のごとく　焚かれ
煙を吐く帆船には
永遠に　悲しみの歌が塑まれて行く。

お！神よ。
豊滿に生きる　ひとり漁商の人情は
歴史の諦視とともに規則のごとくつづく。
お！神々しき夜よ！
祝祭を飾る子孫の叫びは　幾日やむことか……

哀　歌　（第一歌）

趙　宇　植

親しきものは去つた。
愛の喪失、信仰の精神は昇華された。
新しい寺院を徘徊する尼僧の群
尊厳と敬虔を内藏して生活し
美食を滿して　祝祭をもつもの……
すべては　僞装された像である。

I

地雷の如く
村をゆすぶり
森林を丘陵へと導き
湖は　數多く　埋立たれて
晒はされた胸に　久遠な神話
悠久、祖先の魂は　嗚咽する。

祖國の隱身よ。
運命の鳩が　温順しく翔き
逝く　母の眼に　祈りをこめて
墓地へと飛びさる。
沈痛なる事實よ。
友らよ涙をふき青春を賭けて
この呪はれた祝祭の夜のために……
杯を滿し
脈動する赤き血をそそぎて
偉大なる傳統の蹂躪を凝視すべし。

しかし
この地雷
頓感な足跡に殘された諸々の生命と

うねをろんの夕暮に
新しき愛はよみがへり

旅

早瀬がほとばしり瀧のしぶきの鼓動するまゝに
花々の群れ咲く地帯を横切り

地表の帶を轉がりながら
私は旅をする　靜かな旅を
固定した一つの座標を占める
地軸のやうな一筋の機體に觸れながら
原野は孜々として營みを營み
村々は屋根や一粒の飯粒を認識する　この

傷められしくちづけにも
なつかしの愛は贈られる

金　景　薰

大空のおほらかな光を浴びて
私は飛び立ちて蝶々と群れかひ
風となつてはアカシヤの匂ひをただよはせ
轟々たる汽車の蒸氣となり

いやはてに私は月桂の樹の
大空へ向つた一つの高き梢となりて
靜かな樹液を吸ひ上げ
この地帶の開かれた祝祭を祝福し
頌歌と變る旅である

わたしは黄昏にさそはれて位置をかへる
ほゝが冷たい
唇は風に盗まれつゞけた
むねの舞臺で記憶の群が亂舞する

歌なかりせば

お互ひのもの　二つの薔薇
だが　いとしい飛翔は
杳かな氣流にもまぎれて仕舞ふ
ああ
はつはつ匂ふ季節のなかで
しまはれた過失をとりだすことは
馨りたかくひろがる歯朶よりも
うすい心はゆくりなくあをい餘韻となる
匂ひなき花の罪は

ひかりは墜ちる、空はうなだれる
土は眠り始める
氣流はたくましくのた打つ
草はふか〴〵と身をちゞめる
たそがれ

山本壽美子

植物園の爽やかなフレエムのあたりで
寂しい饒舌を續けることができた
歌なかりせば
ましてさひはひある
邂逅よ
神神の遅い朝餐は
あをやけき
ひとの世のうれひ——

-(34)-

それからは默々と荷車をひく
何時も足もとで遊んで呉れるのは
家鴨と小犬たちである
それで驢馬は何時も滿足さうに
決して大きくは笑はず
默つて仕事をする

驢馬よ
耳を動かし鈴を鳴らしながら

默つて道を行く可哀い驢馬よ
君の顔は人間よりも思案顔である
君の眼は人間よりも善良相である
フランスの詩人は
君と連れ立つて天國へ行くと歌つたが

驢馬よ
僕は君と一緒に
口笛を吹いて
星の野道を往く

たそがれの譜

藤　田　君　枝

ひかりが沈む　穹が疲れる
大地はひつそりと涙ぐむ
空氣のぶつかり合ふ音がする
きこえない觸角を澄ます昆虫がある
若草が緑色の吐息をする

私は身を起し、うつろな瞳を空間になげる
そして、頭を想ひ切りゆすぶる
掌がつめたい
かたくからみ合つてゐながら十本の指は孤獨だ

人の子の竭すべき大事は猶この須臾の間にありと
邁け つはもの
紺碧の洋上遙か
蠢めく装甲の鯨の硬きを狙ひ

決然　押倒す　操縦桿
突嗟に示す　揚力──零
おお　垂直降下
落ちる　墜ちる　一塊の　肉の　魂の　爆弾の
尾を曳く星のそれにも似て　氣流を劈く　快適よ

驢　馬

馬

驢馬が通る
小刻みな歩調で尾つぽを振りながら
小さな車に澤山の荷物を積んで
細々と坂道を往く

いま人為の限りを致すひとりのいのちの大君につなが
る行為に
壮美なる門出に

鬼神よ　哭け

──縱て　南溟の只中に　敵艦もろとも　うなぞこ深
く　沈みゆきし　荒鷲の嘶ける　一つの渦紋は
静々と　擴りひろごり　果ては清らけく　美はし
き　大輪の花紋を浮べ　つひに消え失せたり──

朱　永　渉

驢馬は不平を言はない無理をしない
何時も少しの藁と時に青草と偶に豆を喰ひ
道を歩いて異性に出會ふと
一度挨拶をして

──(32)──

唇　痙り
色蒼ざめし双頬　傳ひくだるものあり
一滴　二滴

胸奥に襲ひくる　萬斛の感慨
一途に打振り打振るハンカチフの
聲なき別辭よ
南海の赤き夕陽に映えて　翻る一葉の
まことその白布の目まぐるしき胡蝶の亂舞にも肖て

目閉づれば
極限されたこの時間に
束の間のいのちに
交々　激しくも錯綜する想念の數々
おん父よ
おん母よ
死よ
生よ

若き胸裡は　冥々
妖しくも劈れんとするを

不圖　顱あぐれば　瞳に投影する
勞りよる億機の　翼に暉る日の標の
大穹に浮ぶ色彩の嚴しさよ
突爾　臟腑に熱きもの迫りきて　やおら　ほどばしる
絕唱

天皇陛下萬歲

ああ奇しくもここに豁如として展ける
ひかりあり
よろこびのみちあり

大皇乃　敵爾許曾死米
されば　されば

—(3 1)—

詩 作 品

自 爆 に 題 す

尼ヶ崎 豊

怨みの彈片に　愛機の延髓は剔られ
途端に歇む　エンヂンの鼓動
全廻轉のプロペラもいまは虛しく
推進の機能削がれし機體の
あはれ　衰へゆく速度

闘志の　焦躁にかられる一刹那——

無念！

またもや　炸裂する恨みの一彈
片翼に蒙る　致命の深傷
忽ち煽る　機體の動搖
必死の操作も徒に甲斐なき

一瞬　操縱桿　握る手　痙れ
血の逆流　背すぢ馳る又の惡感
眉秀れたるつはものの
瞳　憤り

僕たちの荒鷲が太平洋を翔びこえた朝も、

僕たちはここで足踏をしてゐた。

ごつし、ごつしと

日本の土を踏んでゐた。

——僕たちの國旗がたかく揚がつてゐる

この足で日本の土を踏みかため、

東亞の地ならしをするために、

僕たちは今朝も足踏をする。

みんなで

しつかりと足踏をする。

——僕たちの日の丸がたかく揚がつてゐる。

いつでもお役に立つやうに、

いつでもすぐにとび出せるやうに

僕たちは今日も足踏をする。

みんなでしつかり

足踏をする。

——僕たちの國旗が

たかくたかく揚がつてゐる。

獻納詩

僕たちは足踏をしてゐる

— 僕たちの朝會の詩

百田宗治

僕たちは足踏をする。
さむい朝の校庭で、
みんな步調を合はせ、
ごつし、ごつしと
日本の土を踏む。
——僕たちの國旗がたかく揚がつてゐる。

僕たちは足踏をする。
女の子も、一年生も、
みんな腕を組んで、
ごつし、ごつしと
日本の土を踏む。
——僕たちの日の丸がたかく揚がつてゐる。

十二月八日、

エヘヤ招くよ　然も二八の紫が

第三章

思へば遠く旅衣きつゝ馴れにし吾が妻の著せし衣
も塵泥にまみれ綻び垢つけば百濟處女のつぶら頬
にさす月影やいたづらに家なる妹の白妙の袖の移り
香偲ばせて固く結へし紅の紐開け放けず戀まさる
夢かうつゝかうらもなき草の枕の面影にふと一し
づく　ありや流星ではないかいな

第四章

〽千熊長彦　王らさ　こまり重ねて　日々なべて
行く程に着く古沙の山　都はいまだ遠けれど海野
ひろゞゝ見霽かす高きに登り磐石に坐し　日本の
方を伏拜み　王すなはち嚴かに　盟の言葉をのり
まつる。

〽草のしとねを敷くときは　草は燃ゆべく　木の
床にあぐらぬきすれば　洪水に木は流るべし　磐石
に坐らば磐石のごと　立つる盟は朽ちざらむ
千秋萬歳とこしへに　絶ゆることなく窮みなく
貴國の日本の藩屏と稱ひて春秋を闕くることな
く貢物仕へ奉らむ

〽心を籠めし誓言にあゝら不思議や　沖つ波邊
し波騒ぐ潮騒も　松の梢を吹く風も調合せて美は
しく　奏づる未央の樂の音　そうどうたらり
ららら　たらりみだり　ららりちう　歡び滿ちてぞ
鳴り響む　〽まこと　千載の後々も　內鮮一つに搖
ぎなく醜の御楯の光榮をさし許されし大御代の榮
ゆく御代を讚ぎまつり　盟言新たに仰ぐこそ目出
度かりける次第なれ　目出度かりける次第なれ

大尾

昭和十七年五月二十日

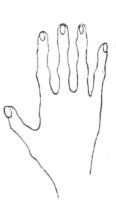

古沙牟礼山盤石上盥

作詞 田中初夫

第一章

へ實に神柄や韓國の百濟の屯倉君が爲遠き昔も今
もなほ峯の松風颯々と　あれ颯々と颯と　吹く君
が御代をば八千代とぞ吹く風の音もものづから日
本に通へ海の原八十島かけて遙遙と神功皇后の命
を受け千熊長彦使者となり百濟にわたる。

第二章

へ皇軍新羅を打破り續く七つの加羅の國南加羅喙
國安羅多羅卓淳加羅比自㶱　エ、舌が廻らねえ盥
つ辛え　からひしがたびし片端七つの國々平伏け
りや　輝く御稜威の御威勢無敵無双の勳功に百濟
の王ら集ひ寄り皇師をねぎらひて凱歌をあぐる勇
ましき　へ鄙とはいへど都まで御出あれと長彦を
王みづから案内し百濟の都へ　馬子唄へエヘイヤヘイ
テヘイヤヘイ　馬でしやんと行きや桔梗が招く

遠の世の天の狭霧に立つ神の姿を見たりニュース映畫に　　（敵前渡河）

わが胸の奥深くつねに鬪へる純なるものと若さを恃む

ディナアダービンの崇拜者など影をひそめし映畫舘娘しく

アメリカ式の誇大妄想に心奪はれ日本映畫の陰影を知らぬ

萌え出でて埃をかぶる街路樹の夕べは打たる直なる雨に

三千年續きし御祖の道なりと時に迷へばまた顧む

美しき一枚の地圖をつはものが血ぬりし姿見えてならずも

炎如す大皇軍はみんなみの荒れたる族の魂を活かしむ

戰は六年となりて百日紅くるめき咲けばまた夏に入る

つき戻されても進む處まで進まねば止まぬ逞しきものを今日と祈ひつゝ

青葉となりても狂ほしき春の野におほかた散りし花瓣思へ

わが夢に顯ちくるひとの面影は此頃なくて季の花散る

　　　　〇

わが兵をなぐさむるさふ原住民のいたくやさしき少女等おもはむ

アリューシャン列島上陸

白雪（はくせつ）をふみ踏みゆける兵列はかすかに見えつつきびしきまでに

末　田　　　晃

（上京詠）

現神おはす宮居の堀水は千代のめぐみをたゝへて光る

義は君臣情は父子とぞ宣へる畏なさよ日の本に生れし我

宮城の前にぬかづき眼頭の熱くなりきぬ赤子なるわれ

〇

藤　川　美　子

ひさ時は耳につきたる雨の音はるけくなりて夜はくだちゆく

芽立ちきし松漲る陽かげは蘭すながら遠世のごときひそけさに坐つ

年は經つこころまづしくわがありて今さら何にきほほはむとする

六月の陽に乾きたる砂ほこり聯隊横をトラック過ぎぬ

明けくれのせはしきままにひとすぢの歌ごころさへおさろへゆくや

石くれの寄り合ふ山路や青ごけのしめれるほどに清水わくなり

山路に汗あへしときかぎろふがごとくに松の花粉散りつぐ

山ふかくあゆみきたりて若松の芽立ちどどのふすがしさは見つ

山ふかく日は暮れにけり消えのこる草のいきれの中にすはりつ

ひるふかく松を漲る日のかぎろへばいのちにしみてかなしかりけり

〇

下　脇　光　夫

紅毛を憎しみたるは昔ならずかゝる想のふたゝび巡る

（維新史讀後）

雨ふらず日にけに江の水涸れて氣はあせりつつ昨日も今日も

春嵐のほしいまま吹く正午さむく炭火をおこしあたたまりをり

國民兵われも召さるるぞ校庭に在郷軍人教練に参加す

〇

　　　　　　　　岩　淵　豊　子

召され征く人の心にあひふれてかなしかりけり子を持たぬ吾

小母と書き母のごとくにしたひ來る兵もありけり宿りし中に

子のごとき思ひもいでぬ時しげくやさしき文を吾に送り來て

凄絶のきはみさやいはむ視野狹き洋上に敵ふ巨艦の群　（珊瑚海々戦）

またしても特殊潜航艇の名をきけり輝く戦果に涙たれくる　（シドニー港）

歸り來ぬ三潜航艇のありときく戦史にかをる人は誰が子ぞ

〇

　　　　　　　　高　橋　初　惠

母上の心づくしの夏みかん食しつつ想ふ故郷の家

戦地より歸りし兵のはればれと陽焦けし面はたのもしくぞある

征きませし夫にかわりて女らの畑にはげみゐる妻ありがたし

騒音を頭いたしさをもひつつ東京の生活に慣れてゆく我

三日へて東京の街あゆみゐる我を思へばうつつのごとし

朝は厨に籾殻焚けるふいごの音ぽくぽく聽けば貧しかるらし

足爪を手の爪を切り頭髮を刈ればすがしく風呂に入りたし

この村に樹立繁みて露けかる朝は門邊にレプラ物乞ふ

桑の葉に朝日い照らふ窓を開けてわれの暮しは充ち足りぬべし

まつかりの屋並寄り居るひとところ町端れにて埃立ち舞ふ

〇

浪漫といへど現身天降り敵彈幕にいぬちはさらす

われに二人の弟ありと徵兵はしみみに物を想はするなり

おほけなく君に殉ぜむとき來るとしばしあり經て高鳴る血潮

櫻田門外春の吹雪の朝にし血ぬるさぶしき刺客をぞ思ふ

貴かるあまたいぬちを死なしめし大き騒ぎは讚みつつきほふ

おほかたは若きを賴む言擧げとさびしくなれば君と笑ひ合ふ

（幕末史を讀む）

伊藤田鶴

珠を打つ響は空に谺しぬこの靜かさや戰へる國に

風かをる朝さやけし山頂の旗の紅とますめる空と

踏みきつて跳躍すると身構へし力はかくす足すくはれて

（徵兵制實施發表の日）

〇

ばらばらと炭俵ぬらす雨降れど流下可能水位に未だ至らず

小林義高

女童らの歌ふ唱歌が愛しくて聲たてずしていつか和しぬ

隣室に吾の寫眞をみるならし「先生の」「先生が」といふが聽こゆる

梅雨に似て音もなく降れる雨の晝轉勤の人に思ひ及べり

徴兵制度實施に應へんと青年の勢ふ瞳の清しさをみよ　　　（中原夏樂君）

　　　　　　　　　　　　　　　　　　　　　　　　　　（安田先生）

　　　　　○

　　　　　　　　　　　　　　　　　　　　　　坂　元　重　晴

皐月末『シドニー』と『スワレズ』と奇襲されさすがの敵も血の氣無からむ

敵艦尾吹きさばせしとふわが機雷のまこさするごき威力思ふも

烈日と光爭ふわが武威の今ぞ世界に轟かむかも

驚天動地のこの戰勝に大世界の思潮の大きかはりを想ふ

全地球の三分の二を席巻し來らばうたむ我軍の意氣

『アリューシャン』『ミッドウェー』『シドニー』と一時の奇襲に敵も驚かむやは

　　　　　○

　　　　　　　　　　　　　　　　　　　　　　小　川　太　郎

眞鯉緋鯉幟立てたる家の前すろ歩きつ物に乏しき

支那にかぎる悲しみならずこれやこれ阿の孔乙己狂人日記
（くんいち）

素人下宿といふにちべなひ移り來し幾日目にか母戀ふるなる

杏つぶらに葉の青なして實りたる木の下土の厠に近き
（魯迅小説集を讀む三首）

　　　　　　　　　　　　　　　　　　　　　　－（2 1）－

○

倉　八　茂

四年病みて六歳となりし長男はギブスのために足のみ小さし

高熱の下りし吾子は泣きゐつつ重きギブスに堪へざるらしも

半身ギブスに入りて久しき吾子の手術の創は腐りゆくらし

幼な子は手術の創に堪へゆつつギブスの中の足を痒ゆがる

足の創忘れしごとく幼な子は腹這ひて汽車の繪を描きをり

窓の外に子等の遊びの聲ききつ吾子は玩具を並べてゐるかも

戦ひの勝すすむ世に病身の男子を持ちて日々の術なき

○

病床旦夕

轟　太　市

「幹部は率先垂範」の範垂りたりてニューギニヤ沖に白れ爆せにき　（弔伊藤中佐）

汝が誇りし輪型陣のあはれ〳〵ニューギニヤ沖に敢へなく沈みき

夕晩く往診の醫師の先づ言はむ珊瑚海々戦の大き戦果を

吾が病むと早やも知りにし兵の人の見舞の言は短かくもある

郷里遠く病み臥す吾に來し文の簡潔にして惜しくもあるか　（小出兄二首）

岸　光　孝

○

神の國大和男子の進みゆく威力の前には遮ぎるものなし

海濱の椰子の木蔭に腹這ひて銃構へぬる益良夫もあらむ

風涼しき椰子樹の蔭に憩ひぬる益良夫想ふは心安けし

○

落下傘部隊

神兵の空にたゆたひし雄心を銃後に在りて想ふ切なさ

空中に身を投げ出して委ねたるパラシュートなり眞白にぞ開け

バンバン上空に浮きし落下傘部隊永遠にその名はきらめきゆかむ

山　下　智

○

芽ぶきたるごろの並木の葉がくりに咲きをるはなをみるひとはなし

あしたはやく庭畑にゐるひとびとを朝靄まぶしきかたにみてゆく

兵營にわが訪ぬればいつしかに夏衣となりて兵らはぬたり

阪さなるみちのま向きゆながかさゆふべ流れくるひかりに歩む

夕昏れの並樹の蔭のいろ濃きに勤めびさらしき少女も通る

むづかしきおももちにわが見てをりし映壽の筋はわれを慰む

あかづかぬ家具さぼしくも並べるを灯を消さむさしわれはわびしむ

短歌作品

日 高 一 雄

○

朝鮮青年米英俘虜監視員に選抜さる

米英の俘虜監視員に選ばれてい征く光榮に起てる青年

六月の暑き驛路にゐ並べる監視員の顔の汗に明るき

父母妻子別れ悲しみ泣く見ればあつき心に我も泣きぬし

うからどろはげまし送る感激はわが民族のまごころの聲

漂洲シドニー、マダガスカルの攻撃

幾百千の敵艦ことごとく撃沈せむ特殊潜航艇つきつぎ征きて

海ゆ空ゆ陸ゆあらゆる神いくさ遂げむと競ふ魂うけつぎて

冠岳山戀主庵

赤松の林の中にさやかなる朱塗美しき金輪寶殿

戀主臺のけはしき岩に建てる庵われらは見つつ登らざりけり

なよなよとゆるる若葉のもてるものたくましき青春をわれは美しむ

赤松のあらき木肌にまつはれる若木は見つつさびしかりけり

る。若き歌人はあまりにも現實に即しすぎた皮相に流れ過ぎた憾か多分あるのではなからうか。新浪漫主義、新右典主義と云ふ

ものも、一つの古代復歸の精神と看做すことは出來る。

而し乍ら時代は刻々變遷しつゝある。古代復歸を稱へた人々は多い。彼等のとなへる革新への理念も全部受入れることの出來ぬとは勿論である。若き歌人は現代の雄渾なる轉換

文學の歷史に於て古代復歸を稱へた人々は多い。宣長あり、眞淵あり、近くは子規がある。日本民族の根源程神秘的であり、その

期に際し身を以たその息吹を感ずるが故に、古代精神を今一應回顧する必要があらう。吾々には二千年の昔より古事記萬葉を所有してゐる。その

根強を善しさと云ふものは滾々と盡くる處を知らないものである。古代精神を今一應回顧するとき光明が與へられ、進むべき道が明示される。これは大和民族と生を

若き日の悩みゝ靑春の混迷も、遠つ御祖の道を顧みるとき光明が與へられ、進むべき道が明示される。これは大和民族と生を

享けた有難きであり、吾々は若きエルテルの悩みも感じなくてすむ。

此の考へ方は一見皮相の樣であるが、民族の根深く潜んでゐる考へ方でその根據は萬葉の昔に求めることが出來る。

而してその精神は今に猶生きて織つてゐるのである。この意味に於て古典の世界を發掘し自己の精神を鍊成することは大き

な意義を持つ。

また若き時代にあつて謙虛は一つの德とされてゐる。而し謙虛は屈服や御都合主義であつては斷じてゐけない。

凡そ現歌壇の老練作家或は中堅作家の大牛は、マンネリズムに陷してゐるの感があり、若き吾々にとり既に堪へぬところで

ある。この間にあつて、新風と呼ばれる前述の作家の一群の生れたことは若き歌人にとつて喜びに堪へない。

文學の才能と云ふものは執拗なる精進によつて突如花咲くものと云はれてゐる。文文學の才能を或る種の神秘的に考へたり

する人々があるが、短歌のやうな特殊文學に於ける限り精進以外に進步の道はないと考へる。短歌の型式リズムを自己の『生

への型式』まで昂めると云ふことは生やさしいことではない。而も吾々は存後に遠つ御祖の秀れた古典的作品の重歷を感じ乍

ら猶之を乗り超えて行かねばならない。それは生命を傾けての努力が必要になるのは勿論である。

吾々は此の重歷に負けてはならない。又これを乗り超へてゆくのが若き歌人の使命であり、幾多春秋に富む若き人々にはそ

れが期待出來るのである。二千年來つぎ〳〵に入り來たつた文化の花が絢爛を競ふとも、われらはそれに眩惑されることなく

生牛端な妥協することなく歌人の立場として意義あるものと云へよう。これが聯て將來へ

の新しき歌人の立場としての自己完成への前提ともなると僕は信ずるのである。

—（ 17 ）—

一つは何と云つても情熱と愛であらう。愛すると云ふことは不思議な行爲である。一體愛は何處から湧き出するものであらうか。人は何故愛するのであらうか。而も愛せずにはゐられないのであらうか。愛の精神には熱情と犧牲が伴ふ。大東亞戰爭の眞只中にあつて若き人々の愛の精神が個人的なる異性戀慕の類より崇高なる國家愛に止揚された。

こゝに十二月八日緒戰に於ける海軍特別攻擊隊の若き人々の殉國の精神は吾々に深き感銘と反省を與へた。この精神を淡々たる心境と平出大佐は述べてゐる。

美しきついのいのちにほゝゑみてゆきにしつはもの海の底方に

末田晃氏(本誌四月號)

若き時代に於ける遲しき生への執着と云ふものは結局如何に死すべきかと云ふ死の解決に外ならぬと云ふ葉隱の精神を考へる。

そうすると青春の混亂と迷に一つの光明を見出すことが出來るのである。

九軍神の殉國の精神こそは三千年來遠つ御祖から享け繼いで來た民族の精神でもある。遠つ祖から今に傳つて來た道は一本道である。時に迷へばふり返つて見るがいゝ。素朴なる神々の昔を思ひ紀記に顯現されてゐる民族の精神を思ふがいゝ。そこに吾々は神々の情熱を見出すであらう。新しき國土を生むと火に錬へ水漬きし神々の貌が泛ぶ。

それは幾度か氾濫しては自ら甦る力を具へた恐ろしく强い生命體を感ずる。これは又異つた祖國の若さを意味するものである。

そうすると今まで濁水のやうに氾濫してゐたすべてのものは音をたゝて流れる水のやうに澄んでゆくのである。

この事は道德、倫理を理性によつて基礎ずけようとした十九世紀的な合理主義の淸算を意味する。

×

人は何等かの迷にあつた時必ず反省するものである。靑春が大きな混迷の世代とするならば靑春こそ又大いなる反省の時代でなくてはならぬ。

こゝで吾々は古代精神、或は民族精神と云ふことを考へる。

古代に復歸すると云ふことは戀て來るべき革新への前提ともならう。古代の精神を摑んで新しい時代に生かして行かうと考へ

前川佐美雄

中田・忠夫

館山一子

五島美代子

齊藤　史

史氏の象徴、前川氏の新浪漫主義或は新古典主義――特に前川氏の歌等は氏獨特の歌風が樹立されてゐる。それは物に就て心を抒べると云よりは心を抒べるのに物を借りて來ると云つた感じがする。ところで現在歌壇に於てこれらの人々の歌は不遜と云はれ批判的・傍觀的・積極的でなく、純粹性がないと云はれ乍ら猶且つ若き人々の心を魅惑するのは何うした譯であらうか。

それはこの現實の虛僞・醜惡・混亂に我慢出來ぬ純情にあると解しするのは僕の若さの故であらうか。實際迷ひの中に飛び込んで例へ解決出來ずとも自己を掘り下げて行くその美しさと逞しさに心ひかれるのである。僕はかゝる立場に於てこれらの歌を尊ぶ。

人生にとつて五十年と云へば長いものと云はねばならぬ。この長い人生を現代の試錬を何の迷もなく苦惱もなく通り越すと云ふことは到底考へられない、萬葉の昔よりよく人生は獨旅と觀ぜられた。山を越えてゆく旅とも考へられた。若き時代にあつては山の向ふ側は見えないのである。頂上を越えて谷底の死と云ふものは見えない。若き時代にあつては生と云ふものは根強く考へられなければ死と云ふものは直接ひゞいて來ない。生への解決を目指して若き人々は魂を鍊る。例へ見果ぬ夢であらうとも安易なる現實への妥恊よりは增だと考へる。

これが今までの考へ方であつた。

×

然し乍ら戰爭はこれらの考へ方を一轉せしめた。戰爭は一切の感傷を許さない。戰に向ふ者の心に命ずるものは殉國の精神である。而も戰に向ふ者の大牛は若き人々であつた、而して殉國の精神は愛の崇高なるものと考へる。凡そ若き時代の特性の

こともなき日々の暮しにおもひ泌むわがいのちなし妻子生くめり

生きもの、蟲もうごかぬ冬庭のたへがたければ盛りあがり來よ

われをやぶる勁きものゝあらばやぶられむたましひうぐあけくれぞ憂き

たまたま身をやしなふとおほけなし明けたへば緣にあふぐ日輪

冬晴れのまことにあかるき午前にて藁灰は白く燃え終りたり

湖のむなかふに住むなる人は誰ならむ時に灯をかゝげて見する

新風と呼ばれ或は新浪漫派と呼ばれてゐる。人々の歌である。

若さについて

——歌人の立場から——

下脇光夫

人間は恰も脆弱な葦のやうに考へねばならぬと云ふことはパスカルの有名な言葉であるが、人は物心ついてより死に至るまで考へ續けてゆかねばならぬ。物が燃えるのに發火點がある如く人は或る衝動を契機として急激に物思ふ葦となることがある

そして風に傷けられ雨に叩かれ折葦となつて猶物思ふ心は執拗に續いてゆく。僕は今若き時代の混迷の中にあつての思考に就て若き歌人の立場より考へて見たい。青春の思考は一つの迷の型に依つて表れて来る。

昔から青春は迷路と云はれて来た。

若き時代の迷は夢を織り混ぜ、熱情が加はりそれが時代、環境等もろ〳〵の對象に觸れて具體化される。

そして迷は更に迷を生み果てしなく續いて行くものである。古歌に昔は物を思はざりけりと云はれてゐるがげに此の間の消息を物語つてゐるものであらう。ところで青春の美しさと云ふものは未完成な迷にあると僕は考へる。人は若さを遠ざかるにつけ若き時代の美しい夢や高邁な理想を捨て現實に即した所謂分別で物事を處理してしまひ勝である。

若き時代にあつては何事につけても中端にせずたと〳〵解決が出來ずともそれに向つて挺身する。何等かの解決を求めようと努力するそこに青春の勇氣と眞目面さがあり尊さがある。

僕はか〳〵る前提の下に次の歌を考へて見たい

草深き野の眞晝間に組み伏する遲しき夢も過ぎて還らず

よしゑやしいのち餓うとも白鹽の幾つかみ清にありと思はむ

筏井嘉一

—(14)—

さて、この事實をもう一歩深く考へてみたい。

自分は、今更らしく回顧的な言をいひたくはないのであるが、かつて歌壇にあつて短歌がマンネリズムに陷つたと稱せられ短歌の舊時代的態勢を難じられたことがあつた。それに對して、「昨日までの歌壇には種々の問題があつた。然し今はたつた一つの問題しかないと。それは、現代の血をもつて現代の歌を作れといふことだ。これ以外の問題はすべて閑文字である。』といふ意見が發表されたのである。

これは勿論、抽象的には全く正しい面を持つてゐた。「現代の血をもつて現代の歌を作れ。」といふことは、いつの時代でも藝術に生命を持たせるにはそれ以外には方法はないといふことも、一つの態度ではあらう。しかし問題はそれから先にある。

現代とは具體的に如何なるものであるか。亦、具體的に何を「現代」とし、何を「現代の歌」とするかゝ間はれなければならない。「現代の歌」と「現代の歌」と云ふことの解說に、主張者は―「短歌の世界を田園的なものから都會的なものに擴張し、從來の短歌的境地に止まらないで、もつと現代の思想の世界文化の世界、機械や藝術の世界、都市の世界、などを歌ふことを希求してゐる。」―のであつた。

が、かゝる事象が眞の現代的であると言はれるであらうか。甚だ疑ひなきを得ないのであらうか。

現實の執拗さを、更に執拗にさせてまで、現實を再現する必要が何處にあるのであらうか。

かゝる現代の文學は、我々は希んでゐるのでないことは、この一文で明かではある。その複雑なる現實相の本質的なものゝ表現こそ我どが、充實した素直さとして望んでやまないものである。結論としては、現實の執拗なる相から摘出したものが、一見素直で單調であるかに思へるのであるが、其の背後的なものの大きさ美しさを有してゐるものを望むのである。

以上結論を直ちに述べたのであるが、我々は戰爭の作品に希むことは實にかゝる生命的なものである。單なる素直さではいけないといふことである。

勿論素直にもつてゐない作品は問題外である。甚だ意をつくさないものがあるが、小暇を得てゝ大東亞戰爭の作品に對する小感を記したのである。（完）

—（13）—

本當の素直な作品といふものは、かゝる清涼味を含んでゐるものを、自分は言ふのである。素直でありさへすればそれでよ
しとするものではない。

こゝに文學は現實の再現ではないといふことが出來る。自分は冒頭に於て、大東亞戰爭を詠んだ作品が、素直であることを
言つたが、それは、戰爭以前に於ける作品が、如何に素直でなかつたかを言ひたかつたのである。

勿論、これには種々の原因があることでもあるし、一概に片づけて了ふわけにはゆかない。が、一般的に観て、餘りに捏迷
執拗そのものであつた。

文學に對してある絶望的なものを感じたことは確かに在したのである。これが、大東亞戰爭下に於ける作品は、非常に素直
になつて來たことを感じるのであるが、我々といへども、この歴史的現實に直面してゐる大きい時局が決して素直なものであ
るとは斷じて信じない。世界の動向といふものは、心をひそめて考へてみると、實に微妙に執拗に展開してゐるのである。
この空前なる現實の動きと擴がりのなかから、最も事實的でありながら最も本質に食入つた相を把握することが、我々の文
學に表はすところの大きい責務であると思ふのである。その本質的なものゝ摘出によつて、我々は一見素直なる表現を取り得
たといふことが出來るであらう。

大東亞戰爭作品（以下戰爭作品と稱す）が、ある意味に於ける素直さといふのは、素直なる單調を示したものと言つてよい
のかも知れない。これは執拗なる現實に對しての言葉であつて、決して獨尊的な言ではない。
たとへ、素直なる單調であつても、これは實に大きい意義を有するものである。この最も根本的原因としてあげるものは、
簡明に言へば、「日本精神の把握」といふことである。我々は素直になるのは正しく當然なことである。我々の魂のふるさとに歸つて
この一大理想にむかつて進むことによつて、我々は素直になるのである。
伸び伸びとした素直さが表はされて來たのである。が、我々はいつまでも、この素直さに浸つてゐるべきであらうか。素直さ
が、素直さでゐられる間はよいが、これが單調を伴ふやうになつたら如何であらうか。
戰果ば、その日、その日に飛躍してゐる。素直さが、清涼味を我々に與へたことは間違ひないところであるが、その清涼味
もいつまでも清涼味ではあり得なくなるのである。
こんゝと湧きいづる泉のやうな充實した清涼でなければならないのは こゝのところを指すのである。

戰爭と文學

＝短歌作品に就て＝

西村正雪

我々が、大東亞戰爭の作品を觀て考へることは、第一に非常に表現されたものが素直であるといふことである。素直であるといふことは、むつかしい理窟めいたものが無いといふことである。

ところが、この現實といふものは決して素直ではない。質に執拗なる敵性を感じないわけにはゆかない。素直である「事實は執拗である」といふのは、先人の言葉ださうであるが、理論に比すれば、事實はどんなにしつこいであらう。しつこいものは執拗として單調になる。單調になつた時、ほんとうにしつこいといふ感じが湧いてくる。事實はしつこく單調である。人が如何に變化を欲し、怪奇を喜ぶかは、その反面、現實が如何にしつこく單調であるかを裏書きするものでなくて何であらう‼

併し事實が、人生が、單調でしつこいからといつて、人生の反映なる文學も單調でしつこくあらねばならないといふことはあるまい。亦。あつてよいのであらうか。

執拗なる現實に對して我々は、すでに惱まされ續けて來てゐる。その惱みを、文學の作品のうへで再び接することは、愚かしいことである。

我々はこの執拗なる現實のうへに生きてゆくことによつて、一つの淸涼味を含んだ作品を望んではならないのであらうか。單なる氣の拔けた淸涼味であるならば、つまらないものである。充實した淸涼味（一寸言葉の表現はまづいと思ふが）、とは湧きいでてくる淸涼味的なものを望んでゐることを言ふのである。

—(11)—

新しい文學が生誕すべきである。たとへば、今はさかんに本居宣長の國學が論じられてゐるが、われわれは宣長を研究し、

且つ學ぶことには少しも異議はない。が、われわれはもう、本居宣長の如き人間の出現を待望してもいゝのではないか。宣長

の如き國學が、新しく生れて來なくてはならないと信じてゐるものである。それには、ただ知識だけは斷じて駄目である。

「藝術は人間の魂そのものである。藝術家は精神に仕へるものである。されば素材に捕はれる事は許されない。藝術は見え

ざるものを再現するものではなく、世界を再現するものである。藝術は描寫するものではなく、精神へ導かんとするものであ

る。分析的ではなくして、綜合的であり、常に倫理的なものに滿たされてゐる。エル・ウインクレル」

然しながら、われわれは、ドイツに於ける表現主義が起つたときのやうに、感情の鬱多・充溢・湧出・狂喜・灼熱・巨大な

る興奮と熱狂とをその全形態に於いて示してゐて、それは言葉の中から突然叫び出し、その出發點と何等の關係をも持たぬ樣

な混沌としてゐる作品を求めるのではない。たゞ形式と色彩との完成せる遊戲的でない熱情は、大いに學んでよいかも知れな

い。

此處に於いて。われわれは、　　正岡子規の如き氣魄を追起するのである。子規、文學に親しき人間の存在への憧憬を啓示し

て理念と熱情とによつて、青春と新しき生命とを與へたのであつた。雜草が生ひ茂るやうに繁生してゐた古き過去の文學の園

に鋭く身を挺して飛込んだ状態であつた。ひゆが少しく大げさのやうではあるが、當時の文學に與へたところの影響は、實に

悲壯なる氣魄から湧き出た眞實であつたのである。

今更らしくに、われわれを子規の時代的存在を說くのではないが、われわれの翹望する新しい文學の生誕は、今こそ起つて

來得べきではなからうか。

それには、われわれは先づ、更に鍛え直すべき文學的態度に思ひを到すべきであらう。文化・文學を支へるものが大衆であ

ることに異論はないのであるが、その進展は實に多くの場合偉大な人物の出現に俟つこととは、歴史の示すところである。が、

われわれは、自分みづからの熱情の湧出する作品を發表すべきであらう。

時代は青春の如き熱情を待つてゐる。そこに、新らし文學の生誕がひかり輝やくのではなからうか。わが民族の血は、今ま

さにかかる「るつぼ」にたぎつてゐるのだ。

―(1 0)―

にわれわれの生活的のものに來るべき生命的なものである。實に非常時國家的運命にあることを、尚自己の生活と關はりのない對岸視してゐる一部の現狀に對しては、其處に新らしい世代的な感情が起きて來ないことは餘りに明かなことであらう。機械的な日常生活に終始してゐては、新らしい文學が生れて來ないのは、亦むしろ當然なことであらう。

われわれは、仕事の上に、亦生活の上に於いて、廣腕なることのみを要求してゐるのではない。起ち上る新しい世代へに對しての鬪爭的熱情のほとばしりを祈念してゐるのである。今迄の「人生と現實」に對するあたらしい立場が發見されなくてはならない。

しかして、今や過去の文學的立場――卽ち、ある文學者達の自己の信念に於いて、それが一般社會や政治の動向に沿ふと否とにかかはらずに、純粋的に個人的であるといふ立場は斷じて許容されない現實に直面してゐるのである。日本精神發現の動向はすでに確立してゐるのであつて、文學作品全面的に織りこまれて來てゐる。この事實を表面的に觀るならば、誠に日本民族の血のなかに流れてゐる如くに觀ぜられる。亦、實際に於いてこの民族的感動を貫ぬいてゐる態勢は、眞實なものであるに違ひないであらう。しかし、思ひをひそめて、更に深く現勢の文學作品を鑑賞すると

きにあつて、われわれは一體、何を感じ、如何に心を動かされることがあるであらうか。過去の時代の現實、日常市民時代の理想が對比せられ、しかして新しい世代の盛りあがつてくる力を感じるであらうか。大東亞戰の理念が、直接にわれわれの生活の若き、しかして新しい民族の血の勢ひを描いたところで、上辷りの熱情であるとすれば、新時代の現實とは誠にはかないものではなからうか。そして、共等の作品が、説明のみに終始してゐて、若き世代の核心、原動力となるものを取逃してゐては、何處に指導的立場が存するのであらうか。

何よりも、われわれは、文學に於いて創造的精神を希求するものである。現時大東亞戰の理念が、直接にわれわれの生活の間に浸潤融合されることは勿論ではあるが、若き日本の世代が如何に起ちむかふべきものであるかといふ創造的精神が表現されなくてはならないのではなからうか。この爲めには、文學の形式如何に關はらずに、たとへ小詩形の作品のうへにあつても全力を集めたところの創造的精神の發現が必要である。

文學者の詩的立場にあつて、徒らに時代のきびしさに驅り立てられた幻想に沈潜してゐる時ではない。われわれは、今の時代にあつて、フランス革命のやうに、一人一人の個人の權利のために戰つてゐるのではない。

―(9)―

文學の生誕

末　田　　晃

われわれは知つてゐる。

現代に於いて尚、現代の文學は自己を確立すべき信念の把握に惱んでゐる者の言葉を知つてゐる。文學者の知性はその複雜なる反省と解析の働きに於て容易に單純な一般的信念（或はむしろ激淸）のなかに、加はり得ないことを當然としてゐる存在者の言葉を知つてゐるのである。

われわれは、かかる者の言葉に斷じて耳をかたむけてゐるわけではない。何故ならばかかる藝術至上者の存在は、如何に現代に於いてかすかなものであるかを知つてゐるからである。

大東亞戰爭の勃發にあたつて、此の雄大なる世紀の廻轉期にあたつて、文學のうへに如何なる變化が生れたのであらうか。過去の時代にさうであつたやうに、新しい文學が現れたであらうか。たとへば、子規のやうな人が、新らしい情熱の體系的文學信念を叫びつづけてゐるであらうか。

日本精神に還れ！日本神話の現代的意義について、凡ゆる諸角度から强張されてゐるのは、從來の時代性に於いて承認されてゐた世界觀に單に對立的に論議されてゐるのではなからうか。と言ふことに就いて甚だ疑ひなきを得ないのである。殊に、文學運動が、時代的便乘的に云爲されるべきであらうか。

が、現代は果してかかる過去の時代性と對立的にのみ論じられて濟まされるべきであらうか。すくなくとも、この現實的一大變轉は、知識と思考との問題をはるかに超えたものであることを思はねばならない。直接的

目次

構成——趙宇植

國民詩歌

8 月

表紙──新羅三國時代作品

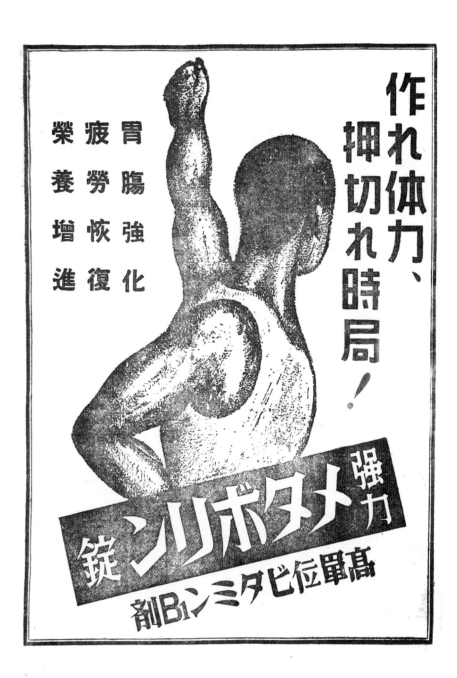

國民詩歌

NO.10-¥.50

8

京城 國民詩歌發行所

國民詩歌

八月號

역자 소개

김효순(金孝順) | 고려대학교 일본연구센터 HK교수. 일본근현대문학 / 한일근현대번역론 전공.
주요 논저에『1930년대 동아시아의 문화교류(一九三十年代東アジアの文化交流)』(공저, 思文閣出版, 2013),『제국일본의 이동과 동아시아 식민지문학1』(공저, 도서출판 문, 2011),『조선속 일본인의 에로경성조감도-여성직업편』(공역, 도서출판 문, 2012),「한반도 간행 일본어잡지에 나타난 조선문예물 번역에 관한 연구」(중앙대학교 『일본연구』 제33집, 2012.8) 등이 있으며, 최근 식민지기 한반도에서 일본어로 번역된 조선의 전통문예물에 관하여 연구하고 있다.

유재진(兪在眞) | 고려대학교 일어일문학과 부교수. 일본근현대문학 전공.
주요 논저에『일본의 탐정소설』(공역, 도서출판 문, 2011),『탐정 취미-경성의 일본어 탐정소설』(공편역, 도서출판 문, 2012),『다로의 모험』(역서, 학고방, 2014),『일본 추리소설 사전』(공저, 학고방, 2014),「韓國人の日本語探偵小説試論」(『일본학보』 제98집, 2014.2) 등이 있으며, 최근 식민지기 한반도에서 창작된 일본어 탐정소설에 관하여 연구하고 있다.

일제강점기 일본어 시가 자료 번역집 ⑤
國民詩歌 ―九四二年 八月號

초판 인쇄　2015년 4월 22일
초판 발행　2015년 4월 29일

역　자　김효순·유재진
펴낸이　이대현
편　집　권분옥·이소희·오정대
펴낸곳　도서출판 역락
주　소　서울시 서초구 동광로 46길 6-6 문창빌딩 2층
전　화　02-3409-2060(편집부), 2058(영업부)
팩　스　02-3409-2059
등　록　1999년 4월 19일 제303-2002-000014호
이메일　youkrack@hanmail.net

정　가　20,000원
ISBN　979-11-5686-181-2 94830
　　　　979-11-5686-176-8(세트)

이 도서의 국립중앙도서관 출판예정도서목록(CIP)은 서지정보유통지원시스템 홈페이지(http://seoji.nl.go.kr)와 국가자료공동목록시스템(http://www.nl.go.kr/kolisnet)에서 이용하실 수 있습니다.(CIP제어번호: CIP2015010887)